东看看西看看

汪曾祺——著

WUHAN UNIVERSITY PRESS
武汉大学出版社

图书在版编目（CIP）数据

东看看西看看 / 汪曾祺著 . — 武汉 : 武汉大学出版社，2021.9
（2021.11 重印）
ISBN 978-7-307-22534-3

Ⅰ . 东… Ⅱ . 汪… Ⅲ . 散文集—中国—当代 Ⅳ . I267

中国版本图书馆 CIP 数据核字 (2021) 第 169887 号

责任编辑：黄朝昉 责任校对：孟令玲 版式设计：中北传媒

出版发行：武汉大学出版社（430072 武昌 珞珈山）
　　　　　（电子邮箱：cbs22@whu.edu.cn 网址：www.wdp.com.cn）
印刷：三河市华东印刷有限公司
开本：880×1230 1/32 印张：7 字数：116 千字
版次：2021 年 9 月第 1 版 2021 年 11 月第 2 次印刷
ISBN 978-7-307-22534-3 定价：38.00 元

编者序

汪曾祺，当代著名作家、散文集、小说家。1920 年出生在江苏高邮县的一个书香门第的家庭，大学就读于西南联合大学文学系，师从著名作家沈从文。

汪老的语言精练，富有乐趣。他写民风民俗，写草木风景、小动物、四方美食，文字充满童真童趣，能使孩子对生活、对大自然、对传统文化产生热爱之情；他写西南联大师生的艰苦求学生活，能激发孩子珍惜时间，努力学习，奋发向上。他的小说大多写的是普通人。他从普通人身上发现诗意，发现人性美、人情美，对普通人充满欣赏、赞美、尊重、关心和同情。他和家人、好友、作家等人的珍贵信件，平淡真挚、率性可爱。这些内容能让孩子们感受到人性的良善与生活的美好。

读汪老的文字，能让孩子学习汪老独具"中国味儿"的语言，体会母语的美，并提升人文素养，浸润出一颗善感、善良、温情、热爱生活的向上之心。

我们历时近两年，对汪老的作品进行了仔细地甄选编辑，推出了这套书（6 册）：散文集《愿少年，乘风破浪》《更随流水到天涯》《东看看西看看》，小说集《故乡的鸟呵》《动和静的风》，书信集《书简传情》。分别包含 6 个主题：求学成长篇、花鸟旅食篇、风俗人文篇、传统美德篇、市井生活篇、书信寄意篇。选篇中既有经久流传的经典篇目，也包含不少入选语文教材和阅读理解题的篇目。

希望这 6 本书在孩子们的成长中种下美好的种子，懂得如何求学，如何看待生活，如何感知世间的美好，如何怀有一颗真诚和温暖的心去面对人生中的不确定。希望这些种子终有一天会在孩子的成长过程中发芽并给孩子们以力量。

由于选文时间跨度较大，一些字词和文法与现在的规范多有出入，我们参校多版本，尽可能保持选文的原汁原味。如 1949 年前的作品，保留"甚么"；方言、象声词（如丁丁当当）、外国人名、地名（如加尔各达）保留原译法。异体字若是作者的习惯用法，且已得到普遍认可的，予以保留，如异秉（现应为异禀）。针对一些对作者文风影响不大的词，已参照现行规范对其修改，如"包谷"改为"苞谷"，"帐单"改为"账单"等。全书中，"做、作、的、地"，统一按现代汉语规范修改。

"品读名家经典，打下人生的精神底色，滋养孩子们的心灵！"是策划出版这套书的初衷！

编辑部

2021 年初春于北京

目录

那些淳朴的民风民俗

冬天

　　天冷了，堂屋里上了槅子。槅子，是春暖时卸下来的，一直在厢屋里放着。现在，搬出来，刷洗干净了，换了新的粉连纸，雪白的纸。上了槅子，显得严紧，安适，好像生活中多了一层保护。家人闲坐，灯火可亲。

　　床上拆了帐子，铺了稻草。洗帐子要拣一个晴朗的好天，当天就晒干。夏布的帐子，晾在院子里，夏天离得远了。稻草装在一个布套里，粗布的，和床一般大。铺了稻草，暄腾腾的，暖和，而且有稻草的香味，使人有幸福感。

　　不过也还是冷的。南方的冬天比北方难受，屋里不升火。晚上脱了棉衣，钻进冰凉的被窝里，早起，穿上冰凉的棉袄棉裤，真冷。

放了寒假，就可以睡懒觉。棉衣在铜炉子上烘过了，起来就不是很困难了。尤其是，棉鞋烘得热热的，穿进去真是舒服。

我们那里生烧煤的铁火炉的人家很少。一般取暖，只是铜炉子，脚炉和手炉。脚炉是黄铜的，有多眼的盖。里面烧的是粗糠。粗糠装满，铲上几铲没有烧透的芦柴火（我们那里烧芦苇，叫作"芦柴"）的红灰盖在上面。粗糠引着了，冒一阵烟，不一会，烟尽了，就可以盖上炉盖。粗糠慢慢延烧，可以经很久。老太太们离不开它。闲来无事，抹抹纸牌，每个老太太脚下都有一个脚炉。脚炉里粗糠太实了，空气不够，火力渐微，就要用"拨火板"沿炉边挖两下，把粗糠拨松，火就旺了。脚炉暖人。脚不冷则周身不冷。焦糠的气味也很好闻。仿日本俳句，可以作一首诗："冬天，脚炉焦糠的香。"手炉较脚炉小，大都是白铜的，讲究的是银制的。炉盖不是一个一个圆窟窿，大都是镂空的松竹梅花图案。手炉有极小的，中置炭墼（煤炭研为细末，略加蜜，筑成饼状），以纸煤头引着。一个炭墼能经一天。

冬天吃的菜，有乌青菜、冻豆腐、咸菜汤。乌青菜塌棵，平贴地面，江南谓之"塌苦菜"，此菜味微苦。我的祖母在后园辟小片地，种乌青菜，经霜，菜叶边缘作紫红色，味道苦中泛甜。乌青菜与"蟹油"同煮，滋味难比。"蟹油"是以大螃蟹煮熟剔肉，加猪油"炼"成的，放在大海碗里，凝成蟹冻，久贮不坏，可吃一冬。豆腐冻后，不知道为什么是蜂窝状。化开，切小块，与鲜肉、咸肉、牛肉、海米或咸菜同煮，无不佳。冻豆腐宜放辣椒、青蒜。我们那里过去没有北方的大白菜，只有"青菜"。大白菜是从山东运来的，美其名曰"黄芽菜"，很贵。"青菜"似油菜而大，高二尺，是一年四季都有的，家家都吃的菜。咸菜即是用青菜腌的。阴天下雪，喝咸菜汤。

冬天的游戏：踢毽子，抓子儿，下"逍遥"。"逍遥"是在一张正方的白纸上，木版印出螺旋的双道，两道之间印出八仙、马、兔子、鲤鱼、虾……；每样都是两个，错落排列，不依次序。玩的时候各执铜钱或象棋子为子儿，掷骰子，如果骰子是五点，自"起马"处数起，向前走五步，是兔子，则可向内圈寻找另一个兔子，以子儿押在上面。下一轮开始，自里圈兔子处数起，如是六点，进六步，也许是铁拐李，就寻另一个铁拐李，把子儿押在那个铁拐李上。如果数数至里圈的什么图上，则到外圈去找，退回来。点数够了，子儿能进入终点（终点是一座宫殿式的房子，不知是月宫还是龙门），就算赢了。次后进入的为"二家""三家"。"逍遥"两个人玩也可以，三个四个人玩也可以。不知道为什么叫作"逍遥"。

早起一睁眼，窗户纸上亮晃晃的，下雪了！雪天，到后园去折腊梅花、天竺果。明黄色的腊梅、鲜红的天竺果，白雪，生意盎然。腊梅开得很长，天竺果尤为耐久，插在胆瓶里，可经半个月。

舂粉子。有一家邻居，有一架碓。这架碓平常不大有人用，只在冬天由附近的一二十家轮流借用。碓屋很小，除了一架碓，只有一些筛子、箩。踩碓很好玩，用脚一踏，吱扭一声，碓嘴扬了起来，嘭的一声，落在碓窝里。粉子舂好了，可以蒸糕，做"年烧饼"（糯米粉为蒂，包豆沙白糖，作为饼，在锅里烙熟），搓圆子（即汤团）。舂粉子，就快过年了。

一九八八年十二月二十二日

踢毽子

　　我们小时候踢毽子，毽子都是自己做的。选两个小钱（制钱），大小厚薄相等，轻重合适，叠在一起，用布缝实，这便是毽子托。在毽托一面，缝一截鹅毛管，在鹅毛管中插入鸡毛，便是一只毽子。鹅毛管不易得，把鸡毛直接缝在毽托上，把鸡毛根部用线缠缚结实，使之向上直挺，较之插于鹅毛管中者踢起来尤为得劲。鸡毛须是公鸡毛，用母鸡毛做毽子的，必遭人笑话，只有刚学踢毽子的小毛孩子才这么干。鸡毛只能用大尾巴之前那一部分，以够三寸为合格。鸡毛要"活"的，即从活公鸡的身上拔下来的，这样的鸡毛，用手摩挲几下，往墙上一贴，可以粘住不掉。死鸡毛粘不住。后来我明白，大概活鸡毛经摩挲会产生静电。活鸡毛做的毽子毛茎柔软而有弹性，踢起来飘逸潇洒。死鸡毛做的毽子踢起来就发死发僵。鸡毛里讲究要"金绒帚子白绒哨子",即从五彩大公鸡身上拔下来的,毛的末端乌黑闪金光,下面的绒毛雪白。次一等的是芦花鸡毛。赭石的、土黄的,就更差了。我们那里养公鸡的人家很多,入了冬,快腌风鸡了,这时正是公鸡肥壮,羽毛丰满的时候,孩子们早就"贼"上谁家的鸡了,有时是明着跟人家要,有时乘没人看见,摁住一只大公鸡,噌噌拔了两把毛就跑。大多数孩子的书包里都有一两只足以自豪的毽子。踢毽子是乐事,做毽子也是乐事。一只"金绒帚子白绒哨子",放在桌上看看,也是挺美的。

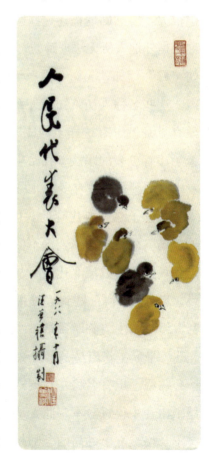

　　我们那里毽子的踢法很复杂,花样很多。有小五套,中五套,大五套。小五套是"扬、拐、尖、托、笃",是用右脚的不同部位

踢的。中五套是"偷、跳、舞、环、踩",也是用右脚踢,但以左脚作不同的姿势配合。大五套则是同时运用两脚踢,分"对、岔、绕、掼、挝"。小五套技术比较简单,运动量较小,一般是女生踢的。中五套较难,大五套则难度很大,运动量也很大。要准确地描述这些踢法是不可能的。这些踢法的名称也是外地人所无法理解的,连用通用的汉字写出来都困难,如"舞"读如"吴","掼"读kuàn,"笃"和"挝"都读入声。这些名称当初不知是怎么确立的。我走过一些地方,都没有见到毽子有这样多的踢法。也许在我没有到过的地方,毽子还有更多的踢法。我希望能举办一次全国毽子表演,看看中国的毽子到底有多少种踢法。

踢毽子总是要比赛的。可以单个地赛。可以比赛单项,如"扬"踢多少下,到踢不住为止;对手照踢,以踢多少下定胜负。也可以成套比赛,从"扬、拐、尖、托、笃""偷、跳、舞、环、踩"踢到"对、岔、绕、掼、挝"。也可以分组赛。组员由主将临时挑选,踢时一对一,由弱至强,最弱的先踢,最后主将出马,累计总数定胜负。

踢毽子也有名将,有英雄。我有个堂弟曾在县立中学踢毽子比赛中得过冠军。此人从小爱玩,不好好读书,常因国文不及格被一个姓高的老师打手心,后来忽然发愤用功,现在是全国有名的心脏外科专家。他比我小一岁，也已经是抱了孙子的人了，现在大概不会再踢毽子了。我们县有一个姓谢的，能在井栏上转着圈子踢毽子。这可是非常危险的事，重心稍一不稳，就会扑通一声掉进井里！

毽子还有一种大集体的踢法，叫作"嗨（读第一声）卯"。一个人"喂卯"——把毽子扔给嗨卯的，另一个人接到，把毽子使劲向前踢去，叫作"嗨"。嗨得极高，极远。嗨卯只能"扬"，——用右脚里侧踢，别种踢法踢不到这样高，这样远。下面有一大群人，见毽子飞来，就一齐纵起身来抢这只毽子。谁抢着了，就有资格等着接递原嗨卯的去嗨。毽子如被喂卯的抢到，则他就可上去充当嗨卯的，嗨卯的就下来喂卯。一场嗨卯，全班同学出动，喊叫喝彩，热闹非常。课间十分钟，一会儿就过去了。

踢毽子是冬天的游戏。刘侗《帝京景物略》云："杨柳死，踢毽子"，大概全国皆然。

踢毽子是孩子的事，偶尔见到近二十边上的人还踢，少。北京则有老人踢毽子。有一年，下大雪，大清早晨，我去逛天坛，在天坛门洞里见到几位老人踢毽子。他们之中最年轻的也有六十多了。他们轮流传递着踢，一个传给一个，那个接过来，踢一两下，传给另一个。"脚法"大都是"扬"，间

或也来一下"跳"。我在旁边也看了五分钟,毽子始终没有落到地下。他们大概是"毽友",经常,也许是每天在一起踢。老人都腿脚利落,身板挺直,面色红润,双眼有光。大雪天,这几位老人是一幅画,一首诗。

一九八八年六月六日

草巷口

过去，我们那里的民间常用燃料不是煤。除了炖鸡汤、熬药，也很少烧柴。平常煮饭、炒菜，都是烧草，——烧芦柴。这种芦柴秆细而叶多，除了烧火，没有什么别的用处。草都是由乡下——主要是北乡用船运来，在大淖靠岸。要买草的，到岸边和草船上的人讲好价钱，卖草的即可把草用扁担挑了，送到这家，一担四捆，前两捆，后两捆，水桶粗细一捆，六七尺长。送到买草的人家，过了秤，直接送到堆草的屋里。给我们家过秤的是一个本家叔叔抡元二爷。他用一杆很大的秤约了分量，用一张草纸记上"苏州码子"。我是从抡元二爷的"草纸账"上才认识苏州码子的。现在大家都用阿拉伯数字，认识苏州码子的已经不多了。我们家后花园里有三间空屋，是堆草的。一次买草，数量很多，三间屋子装

得满满的，可以烧很多时候。

从大淖往各家送草，都要经过一条巷子，因此这条巷子叫作草巷口。

草巷口在"东头街上"算是比较宽的巷子。像普通的巷子一样，是砖铺的，——我们那里的街巷都是砖铺的，但有一点和别的巷子不同，是巷口嵌了一个相当大的旧麻石磨盘。这是为了省砖，废物利用，还是有别的什么原因，就不知道了。

磨盘的东边是一家油面店，西边是一个烟店。严格说，"草巷口"应该指的是油面店和烟店之间，即麻石磨盘所在处的"口"，但是大家把由此往北，直到大淖一带都叫作"草巷口"。

"油面店"，也叫"茶食店"，即卖糕点的铺子，店里所卖糕点也和别的茶食店差不多，无非是：兴化饼子、鸡蛋糕。兴化饼子带椒盐味，大概是从兴化传过来的；羊枣，也叫京果，分大小两种，小京果即北京的江米条，大京果似北京蓼花而稍小；八月十五前当然要做月饼；过年前做蜂糖饼，像一个锅盖，蜂糖饼是送礼用的；夏天早上做一种"潮糕"，米面蒸成，潮糕做成长长的一条，切开了一片一片是正方的，骨牌大小，但是切时断而不分，吃时一片一片揭开吃，潮糕有韧性，口感很好；夏天的下午做一种"酒香饼子"，发面，以糯米和面，烤熟，初出锅时酒香扑鼻。

吉陞的糕点多是零块地卖，如果买得多（是为了送礼的），则用苇篾编的"撇子"装好，一底一盖，中衬一张长方形的红纸，印黑字：

本店开设东大街草巷口坐北朝南惠顾诸君请认明吉陞字号庶不致误

源昌烟店主要是卖旱烟，也卖水烟——皮丝烟。皮丝烟中有一种，颜色是绿的，名曰"青条"，抽起来劲头很冲。一般烟店不卖这种烟。

源昌有一点和别家店铺不同。别的铺子过年初一到初五都不开门，破五以前是不做生意的。源昌却开了一半铺搭子门，靠东墙有一个卖"耍货"的摊子。可能卖耍货的和源昌老板是亲戚，所以留一块空地供他摆摊子。"耍货"即卖给小孩子玩意："捻捻转""地嗡子"（陀螺）……卖得最多的是"洋泡"。一个薄薄橡皮做的小囊，上附小木嘴。吹气后就成了氢气球似的圆泡，撒手后，空气振动木嘴里的一个小哨，

哇的一声。还卖一些小型的花炮，起火，"猫捉老鼠"……最便宜的是"滴滴金"，——皮纸制成麦秆粗细的小管，填了一点硝药，点火后就会嗤嗤地喷出火星，故名"滴滴金"。

进巷口，过麻石磨盘，左手第一家是一家"茶炉子"。茶炉子是卖开水的，即上海人所说的"老虎灶"。店主名叫金大力。金大力只管挑水，烧茶炉子的是他的女人。茶炉子四角各有一口大汤罐，当中是火口，烧的是粗糠。一簸箕粗糠倒进火口，呼的一声，火头就蹿了上来，水马上呱呱地就开了。茶炉子卖水不收现钱，而是事前售出很多"茶筹子"——一个一个小竹片，上面用烙铁烙了字："十文""二十文"，来打开水的，交几个茶筹子就行。这大概是一种古制。

往前走两步，茶炉子斜对面，是一个澡堂子，不大。但是东街上只有这么一个澡堂子，这条街上要洗澡的只有上这家来。澡堂子在巷口往西的一面墙上钉了一个人字形小木棚，每晚在小棚下挂一个灯笼，算是澡堂的标志（不在澡堂的门口）。过年前在木棚下贴一条黄纸的告白，上写：

正月初六日早有菊花香水

那就是说初一到初五澡堂子是不开业的。

为什么是"菊花香水"而不是兰花香水、桂花香水？我在这家澡堂洗过多次澡，从来没有闻到过"菊花香水"味儿，倒是一进去，就闻到一股浓重的澡堂子味儿。这种澡堂子味道，是很多人愿意闻的。他们一闻过味道，就觉得：这才是洗澡！

有些人烫了澡（他们不怕烫，不烫不过瘾），还得擦背、捏脚、修脚，这叫"全大套"。还要叫小伙计去叫一碗虾子猪油葱花面来，三扒两口吃掉。然后咕咚咕咚喝一壶浓茶，脑袋一歪，酣然睡去。洗了"全大套"的澡，吃一碗滚烫的虾子汤面，来一觉，真是"快活似神仙"。

由澡堂往北，不几步，是一个卖香烛的小店。这家小店只有一间门面。除香烛纸马之外，还卖"箱子"。苇秆为骨，外糊红纸，四角贴了"云头"。这是人家买去，内装纸钱，到冥祭时烧给亡魂的。小香烛店的老板（他也算是"老板"），人物猥琐，个儿矮小，而且是个"齉鼻子"，"齉"得非常厉害，说起话来瓮声瓮气，谁也听不清他说什么。他的媳妇可是一个很"刷括"（即干净利索）的小媳妇，她每天除了操持家务，做针线，就是糊"箱子"。一街的人都为这小媳妇感到很不平，——嫁了这么个小矮个齉鼻子丈夫。但是她就是这

样安安静静地过了好多年。

　　由香烛店往北走几步，就闻到一股骡粪的气味。这是一家碾坊。这家碾坊只有一头骡子（一般碾坊至少有两头骡子，轮流上套）。碾坊是个老碾坊。这头骡子也老了。看到这头老骡子低着脑袋吃力地拉着碾子，总叫人有些不忍心。骡子的颜色是豆沙色的，更显得没有精神。

　　碾坊斜对面有一排比较整齐高大的房子，是连万顺酱园的住家兼作坊。作坊主要制品是萝卜干。萝卜条揉盐之后，晾晒在门外的芦席上，过往行人，可以抓几个吃。新腌的萝卜干，味道很香。

　　再往北走，有几户人家。这几家的女人每天打芦席。她们盘腿坐着，压过的芦苇片在她们的手指间跳动着，延展着，一会儿的工夫就能织出一片。

　　再往北还零零落落有几户人家。这几户人家都是干什么的，我就不知道了，我很少到那边去。

故乡的元宵

故乡的元宵是并不热闹的。

没有狮子、龙灯，没有高跷，没有跑旱船，没有"大头和尚戏柳翠"，没有花担子、茶担子。这些都在七月十五"迎会"——赛城隍时才有，元宵是没有的。很多地方兴"闹元宵"，我们那时的元宵却是静静的。

有几年，有送麒麟的。上午，三个乡下的汉子，一个举着麒麟，——一张长板凳，外面糊纸扎的麒麟，一个敲小锣，一个打镲，咚咚哐哐敲一气，齐声唱一些吉利的歌。每一段开头都是"格炸炸"：

格炸炸，格炸炸，

麒麟送子到你家……

　　我对这"格炸炸"印象很深。这是什么意思呢？这是状声词？状的什么声呢？送麒麟的没有表演，没有动作，曲调也很简单。送麒麟的来了，一点也不叫人兴奋，只听得一连串的"格炸炸"。"格炸炸"完了，祖母就给他们一点钱。

　　街上掷骰子"赶老羊"的赌钱的摊子上没有人。六颗骰子静静地在大碗底卧着。摆赌摊的坐在小板凳上抱着膝盖发呆。年快过完了，准备过年输的钱也输得差不多了，明天还有事，大家都没有赌兴。

　　草巷口有个吹糖人的。孙猴子舞大刀、老鼠偷油。

　　北市口有捏面人的。青蛇、白蛇、老渔翁。老渔翁的蓑衣是从药店里买来的夏枯草做的。

　　到天地坛看人拉"天嗡子"——即抖空竹，拉得很响，天嗡子蛮牛似的叫。

　　到泰山庙看老妈妈烧香。一个老妈妈鞋底有牛屎，干了。

　　一天快过去了。

　　不过元宵要等到晚上，上了灯，才算。元宵元宵嘛。我们那里一般不叫元宵，叫灯节。灯节要过几天，十三上灯，十七落灯。"正日子"是十五。

　　各屋里的灯都点起来了。大妈（大伯母）屋里是四盏玻璃方灯。二妈屋里是画了红寿字的白明角琉璃灯，还有一张珠子灯。我的继母屋里点的是红琉璃泡子。一屋子灯光，明亮而温柔，显得很吉祥。

上街去看走马灯。连万顺家的走马灯很大。"乡下人不识走马灯，——又来了"。走马灯不过是来回转动的车、马、人（兵）的影子，但也能看它转几圈。后来我自己也动手做了一个，点了蜡烛，看着里面的纸轮一样转了起来，外面的纸屏上一样映出了影子，很欣喜。乾隆和的走马灯并不"走"，只是一个长方的纸箱子，正面白纸上有一些彩色的小人，小人连着一根头发丝，烛火烘热了发丝，小人的手脚会上下动。它虽然不"走"，我们还是叫它走马灯。要不，叫它什么灯呢？这外面的小人是唐僧、孙悟空、猪八戒、沙和尚。整个画面表现的是《西游记》唐僧取经。

孩子有自己的灯。兔子灯、绣球灯、马灯……

兔子灯大都是自己动手做的。下面安四个轱辘，可以拉着走。兔子灯其实不大像兔子，脸是圆的，眼睛是弯弯的，像人的眼睛，还有两道弯弯的眉毛！绣球灯、马灯都是买的。绣球灯是一个多面的纸扎的球，有一个篾制的架子，架子上有一根竹竿，架子下有两个轱辘，手执竹竿，向前推移，球即不停滚动。马灯是两段，一个马头，一个马屁股，用带子系在身上。西瓜灯、蛤蟆灯、鱼灯，这些手提的灯，是小小孩玩的。

有一个习俗可能是外地所没有的：看围屏。硬木长方框，约三尺高，尺半宽，镶绢，上画工笔的演义小说人物故事，灯节前装好，一堂围屏约三十幅，屏后点蜡烛。这实际上是照得透亮的连环画。看围屏有两处，一处在炼阳观的偏殿，一处在附设在城隍庙里的火神庙。炼阳观画的是《封神榜》，火神庙画的是《三国》。围屏看了多少年，但还是年年看。好像不看围屏就不算过节似的。

街上有人放花。

有人放高升（起火），不多的几支，起火升到天上，嗤——灭了。

天上有一盏红灯笼。竹篾为骨，外糊红纸，一个长方的筒，里面点了蜡烛，放到天上。灯笼是很好放的，连脑线都不用，在一个角上系上线，就能飞上去。灯笼在天上微微飘动，不知道为什么，看了使人有一点薄薄的凄凉。

年过完了，明天十六，所有店铺就"大开门"了。我们那里，初一到初五，店铺都不开门。初六打开两扇排门，卖一点市民必需的东西，叫作"小开门"。十六把全部排门卸掉，放一挂鞭，几个炮仗，叫作"大开门"，开始正常营业。年，就这样过去了。

一九九三年二月十二日

城隍·土地·灶王爷

城隍，《辞海》"城隍"条云："护城河"，引班固《两都赋序》："京师修宫室，浚城隍，起苑囿，以备制度。"既说是浚，当有水。但同书"隍"字条又注云："没有水的护城壕。"到底是有水没有水？姑且不去管它，反正，城隍后来已经成为神。说是守护城池的神也可以，更准确一点，应说是坐镇一方之神。据《辞海》，最早见于记载的为芜湖城隍，建于三国吴赤乌二年。北齐慕容俨在郢城建城隍神祠一所。唐代以来郡县皆祭城隍。后唐清泰元年封城隍为王。宋以后祀城隍习俗更为普遍。明太祖洪武三年正式规定各府州县的城隍神，并加以祭祀。为什么历代这样重视城隍，以致朱元璋于立国之初就为此特别下了一个红头文件？

乾隆十七年，郑板桥在知潍县事任内曾修葺过潍县的城隍庙，撰过一篇《城隍庙碑记》。我曾见过拓本。字是郑板桥自己写的，写得很好，虽仍有"六分半书"笔意，但是是楷书，很工整，不似"乱石铺阶"那样狂气十足。这篇碑文实在是绝妙文章：

> ……故仰而视之，苍然者天也；俯而临之，块然者地也。其中之耳目口鼻手足而能言、衣冠揖让而能礼者，人也。岂有苍然之天而又耳目口鼻而人者哉？自周公以来，称为上帝，而俗世又呼为玉皇。于是耳目口鼻手足冕旒执玉而人之；而又写之以金，范之以土，刻之以木，琢之以玉；而又从之以妙龄之官，陪之以武毅之将。天下后世，遂衮衮然从而人之，俨在其上，俨在其左右矣。至如府州县邑皆各有城，如环无端，齿齿啮啮者是也；城之外有隍，抱城而流，而汤汤汩汩者是也。又何必乌纱袍笏而人之乎？而四海之大，九州之众，莫不以人祀之；

而又予之以祸福之权，授之以死生之柄；而又两廊森肃，陪以十殿之王；而又有刀花、剑树、铜蛇、铁狗、黑凤、蒸锅以俱之。而人亦衰衰然从而惧之矣。非唯人惧之，吾亦惧之。每至殿庭之后，寝宫之前，其窗阴阴，其风吸吸，吾亦毛发竖栗，状如有鬼者，乃知古帝王神道设教信不虚也。……

这是一篇写得曲曲折折的无神论。城，城也；隍，河也，"又何必乌纱袍笏而人之乎？"这已经说得很清楚。然而大家都"以人祀之；而又予之以祸福之权，授之以死生之柄"，"与之""授之"，很可玩味。神本无权，唯人授之，这种"神权人授"的思想很有进步意义。谁授予神这样的权柄呢？下文自明。不但授之以权，而且把城隍庙搞得那样恐怖，人亦衰衰然从而惧之。"非唯人惧之，吾亦惧之矣"，这句话说得很幽默。郑板桥是真的害怕了吗？城隍庙总是阴森森的，"吾亦毛发竖栗，状如有鬼者"，郑板桥是真觉得有鬼么？答案在下面："乃知古帝王神道设教信不虚也。"郑板桥对古帝王的用心是一清二楚的。但是郑板桥并未正面揭穿（这怎么可能呢），而且潍县的城隍庙是在他的倡议下，谋于士绅而葺新的，这真是最大的幽默！我们对于明清之后的名士的思想和行事，总要于其曲曲折折处去寻绎。不这样，他们就无法生存。我一向觉得板桥的思想很通达，不图其通达有如此。

我们县里的城隍庙的历史是颇久的，有两棵粗可合抱的白果（银杏）树为证。庙相当大，两进大殿，前殿和后殿。前殿面南坐着城隍老爷，也称城隍菩萨，——这与佛教的"菩提萨埵"无关，中国的老百姓是把一切的神都可称为菩萨的，叫"老爷"时多。发亮的油白大脸，长眉细目，五绺胡须。大红缎地平金蟒袍。按说他只是县团级，但是派头却比县知事大得多，县官怎么能穿蟒呢。而且封了爵，而且爵位甚高，"敕封灵应侯"。如此僭越，实在很怪。他的职权是管生死和祸福。人死之后，即须先到城隍那里挂一个号。京剧《琼林宴》范仲禹的唱词云："在城隍庙内挂了号，在土地祠内领了回文"。城隍庙正殿上有几块匾，除了"威灵显赫"之类外，有一块白话文的特大的匾，写的是"你也来了"。我的二伯母（我是过继给她的）病重，她的母亲（我应该叫她外婆）有一天半夜里把我叫起来，把我带到城隍庙去。我迷迷糊糊地去了。干什么？去"借寿"，即求城隍老爷把我的寿借几年（好像是十年）给二伯母。半夜里到城隍庙里去，黑咕咙咚的，真有点怕人。我那时还小，借几年就借几年吧，无所谓，而且觉得这是应该的。到城隍老爷那里去借寿，我想这是古已

有之的习俗，不是我的外婆首创，因为所有仪注好像都有成规。不过借寿并不成功，我的二伯母过了两天还是死了。

　　我们那里的城隍庙有一个特别处，即后殿还有一个神像，也是五绺长须，但穿着没有城隍那样阔气。这位神也许是城隍的副手。他的名称很奇怪，叫"老戴"。城隍和老戴之间好像有个什么故事的，我忘了。

　　正殿前的两廊塑着各种酷刑行刑时的景象，即板桥碑记中所说的"刀花、剑树……"。我们那里的城隍庙所塑的是上刀山、下油锅、锯人、磨人，等等，一共七十二种酷刑，谓之"七十二司"，这"司"是阴司的意思。七十二司分为十个相通连的单间，左廊右廊各五间。每一间有一个阎王，即板桥所说的"十王"。阎王是"王"，应该是"南面而王"，坐在正面。《聊斋·陆判》所说的十王殿的十王大概是坐在正面的，但多数的十王都是屈居在两廊，变成了陪客，甚至是下属了。我们县里的城隍庙、泰山庙都是这样。中国诸神的品级官阶也乱得很。十王中我只记得一个秦广王，其余的，对不起，全忘了。《玉历宝钞》上好像有十王的全部称号，且各有像（虽然都长得差不多），不难查到的。

城隍庙正殿的对面，照例有一座戏台。郑板桥碑记云："岂有神而好戏者乎？是又不然。《曹娥碑》云：'盱能抚节安歌，婆娑乐神'，则歌舞迎神，古人已累有之矣。诗云：'琴瑟击鼓，以迓田祖'，夫田果有祖，田祖果爱琴瑟，谁则闻之？不过因人心之报称，以致其重叠爱媚于尔大神尔。今城隍既以人道祀之，何必不以歌舞之事娱之哉！"郑板桥这里说得有点不够准确。歌舞最初是乐神的，因为他是神，才以歌舞乐之，这是"神道"，并不是因为以人道祀之，才以歌舞之事娱之。到了后来，戏才是演给人看的，但还是假借了乐神的名义。很多地方的戏台都在庙里，都是"神台"。我们县城隍庙的戏台是演戏的重要场地，我小时看的许多戏都是站

在戏台与正殿之间的砖地上看的。看的都是"大戏",即京剧。但有一次在这个戏台上也演过梅花歌舞团那样的歌舞,这种节目演给城隍老爷看,颇为滑稽。

每年七月半,城隍要出巡,即把城隍的大驾用八抬大轿抬出来,在城里的主要街道上游一游。城隍出巡,前面是有许多文艺表演节目的,叫作"会",许多地方叫"赛会""出会",我们那里叫"迎会"。参与迎会的,谓之"走会"。我乡迎会的情形,我在小说《故里三陈·陈四》中有较详细的描述,不赘。各地赛会,节目有同有异,高跷、旱船,南北皆有。北京的"中蟠""五虎棍",我们那里没有。我们那里的"站高肩",北方没有。

城隍的姓名大都无可稽考,但也有有案可查的。张岱《西湖梦寻·城隍庙》载:"吴山城隍庙,宋以前在皇山,旧名永固,绍兴九年徙建于此。宋初,封其神,姓孙名本。永乐时封其神为周新。"周新本是监察御史,弹劾敢言,被永乐杀了。"一日上见绯而立者,叱之,问为谁,对曰:'臣新也,上帝谓臣刚直,使臣城隍浙江,为陛下治奸贪吏。'言已不见,遂封新为浙江都城隍。"这当然只是传说,永乐帝不会白日见鬼。但这记载说明一个问题,即城隍由上帝任命后,还得由人间的皇帝加封,否则大概是无效的。"都城隍"之名他书未见。周新是个省级城隍，比州、府、县的城隍要大，相当于一个巡抚了。都城隍不是各省都有。

《聊斋志异》以《考城隍》为全书第一篇，评书者都以为有深意焉，我看这只是寓言，寄托蒲松龄认为所有的官都应该考一考的愤慨耳。他说这是"予姊夫之祖宋公讳焘"的事情，宋焘亦未必有其人。

土地即社神。《风俗编·神鬼》："凡今社神，俱呼土地。"其所管的地面是不大的，大体相当于明清的坊——凡土地都称为"当坊土地"，解放前的一个保。我家所住的一条街上，街的中段和东段即有两座土地祠。《聊斋·王六郎》后为招远县邬镇土地，管一个镇，也差不多。到了乡下，则随便哪个田头，都可立一个土地庙。《王六郎》是一篇写得很美的小说，文长，不具引。土地本也应是有名有姓的，但人都不知道。王六郎只名王六郎，那倒是因为他本没有名字，只是姓王，叫人"相见可呼王六郎"。他当了土地，仍叫王六郎么？这不免有失官体。有一位土地的名字倒是为人所知的，是北京国子监的土地，此人非别，乃韩愈也！韩愈当过国子祭酒，与国子监有点老关系，但让他当国子监的土地爷，实在有点不大像话。我曾看过国子监的土地祠，比一架自鸣钟大不了

多少。

河北农村有俗话："别拿土地爷不当神仙！"事实上人们对土地爷是不大尊重的。土地祠（或亦称庙）很简陋，香火冷落，乡下给土地爷上供的只是一块豆腐。《西游记》孙悟空到了一处，遇到妖怪，不知是什么来头，便把土地召来，二话不说，叫土地老儿先把孤拐伸出来教老孙打五百棍解闷。孙悟空对土地的态度实即是吴承恩对土地的态度，也是老百姓对土地的态度：不当一回事。因为，他是最小的神，或神里最小的官。

我们县别有都土地，那可不一样了。都土地祠亦称都天庙，连庙所在的那条巷子也叫都天庙巷。都天庙和城隍庙不能相比，小得多，但也有殿有庑。殿上坐着都土地，比城隍小一号，亦红蟒亦面长圆而白亮，无五绺须。我的家乡把长圆而肥白的脸叫作"都天脸"，此专指女人的面相，男人这样的脸很少，不知道为什么没有人说"城隍脸"。都土地管辖地界大致相当于一个区。他的封爵次于城隍一等，是"灵显伯"。父老相传，我所住在的北城的都土地是张巡。张巡怎么会跑到我的家乡来当一个区长级的都土地呢？这里既不是他的家乡（河南南阳），又不是他战死的地方（河南睢阳）？说北城都土地是张巡，根据的是什么？有这样一个在安史之乱时和安禄山打仗，城破而死的有名的忠臣当都土地，我们那一区的居民是觉得很光荣的。都土地也不是每个区都有。

土地城隍属于一个系统，他们的关系是上下级，如表：

土地→都土地→城隍→都城隍

都城隍的上面是什么呢？没有了，好像是一直通到玉皇大帝。土地的下面呢？也没有了，因为土地祠里并未塑有衙役皂隶。他们是上下级，是不是要布置任务，汇报工作？也许要的，但是咱们不知道。

祭灶的起源盖甚早。

《史记·孝武本纪》："是时而李少君亦以祠灶、谷道、却老方见上，上尊之。"《索隐》："如淳云：'祠灶可以致福。'案：礼灶者，老妇之祭，盛于盆，尊于瓶。"这最初本是"老妇之祭"。晋代宗懔《荆楚岁时记》："按礼器，灶者老妇之祭，'尊于瓶，盛于盆'，言以瓶为樽，用盆盛馔也"，意思是拿瓶子当酒樽，用盆盛食物。老妇大概没钱，用不起正儿八经的器皿，只好这样马马虎虎，因陋就简。

祭灶本是求福，是很朴素的愿望，到了方士的手里，就变得神乎其神起来。《史记·孝武本纪》："少君言于上曰：'祠灶则致物，致物而丹沙可化为黄金，黄金成以为饮食器则益寿，益寿而海中蓬莱仙者可见，见之以封禅则不死，黄帝是也。'"从祠灶到不死，绕了这样大一个圈子，汉代的方士真能胡说八道！而汉武帝偏偏就相信这种胡说八道！

祭灶的礼俗一直相沿不替。唐、五代的材料我没有来得及查，宋代则讲风俗的书几乎没有一本不提到祭灶的。

《东京梦华录》："十二月……二十四日交年，都人至夜请僧道看经，备酒果送神，烧合家替代钱纸，贴灶马于灶上，以酒糟涂抹灶门，谓之'醉司命'。"

《梦粱录》："十二月……二十四日，不以穷富，皆备蔬食饧豆祀灶。"

《武林旧事》："……二十四日，谓之'交年'，祀灶用花饧米饵，及烧替代及作糖豆粥，谓之'口数'。"

祭灶的祭品不拘，但有一样东西是必有的：饧。饧是古糖字，指用麦芽或谷芽熬成的糖，熬干了，就成了关东糖。我们那里就叫作"灶糖"。为什么要请灶王爷吃关东糖？《抱朴子·微旨》："月晦之夜，灶神亦上天白人罪状。"原来灶王爷既是每一家的守护神，又是玉皇大帝的情报员，——一个告密者。人在家里，不是在公开场合，总难免说点错话，办点错事，灶王爷一天到晚窃听监视，这受得了吗！人于是想出一个高招，塞他一嘴关东糖，叫他把牙粘住，使他张不开嘴，说不出人的坏话。不过灶王爷二十三或二十四上天，到除夕才回来，在天上要待一个星期，在玉皇大帝面前一句话也不说，玉皇大帝不觉得奇怪么？

以酒糟涂抹灶门，其用意与祭之以饧同，让他醉末咕咚的，他还能打小报告么？

灶王爷上天，是骑马去的。《东京梦华录》云："帖灶马于灶上。"我们那里是用红纸折一个小孩子折手工的纸马，祭毕烧掉。折纸马照例是我们一个堂姐的事。这实在有点儿戏。

我们那里的孩子捉蜻蜓，红蜻蜓是不捉的，说这是灶王爷的马。灶王爷骑了这样的马——蜻蜓，上天？

把灶王爷送上天，谓之"送灶"。送灶的日期各地不一样。我们那里一般人家是腊月二十四。俗话说："君（或军）三，民四，龟五。"按规定，娼妓家送灶应是二十五，不过妓女都不遵守。二十五送灶，这不等于告诉别人：我们家是妓女？北京送灶，则都在二十三。

到除夕，把灶王爷接回来，或谓之"迎灶"，我们那里叫

作"接灶"。

谁参加祭灶？各地，甚至各家不一样。有的人家只许男的参加，女的不参加；有的人家则只有女的跪拜，男人不参与；我们家则男女都拜，先由男的拜，后由女的拜。我觉得应该由女的祭拜合适。女人一天围着锅台转，与灶王爷关系密切，而且，这本是"老妇之祭"，不关老爷们儿的事！

灶王爷是什么长相？《庄子·达生》："灶有髻"，司马彪注："髻，灶神，着赤衣，状如美女。"我见过木刻彩印的灶王像，面孔略圆，有二三十根稀稀疏疏的胡子，并不像美女，倒像个有福气的老封翁。我们家灶王龛里则只贴了一张长方的红纸，上写"东厨司命定福灶君"。

灶王爷姓什么，叫什么？《荆楚岁时记》说他"姓苏名吉利"。不单他，连他老婆都有名字："妇姓王名抟颊"。但我曾看过一个华北的民间故事，说他名叫张三，因为做了见不得人的事，钻进了灶膛里，弄得一脸乌七抹黑，于是成了灶王。北京俗曲亦云："灶王爷本姓张"。他到底叫什么？吁，鬼神之事，难言之矣。

城隍、土地、灶君是和中国人民大众生活关系最密切的神。

这些神是"古帝王"造出来的神话，是谣言，目的是统一老百姓的思想，是"神道设教"。

老百姓也需要这样的神。这些神的意象一旦为老百姓所掌握，就会变成一种自觉的、宗教性的、固执的力量。没有这些神，他们就会失去伦理道德的标准、是非善恶的尺度，失去心理平衡，遑遑然不可终日。我们县的城隍，在北伐的时候曾由以一个姓黄的党部委员为首的一帮热血青年用粗绳拉倒，劈成碎片。这触怒了城乡的许多道婆子。我们县有很多的道婆子，她们没有任何文化，只会念一句"南无阿弥陀佛"，是神就拜，念"南无阿弥陀佛"，不管这神是什么教的神。不管哪个庙的香期，她们都去，一坐一大片，叫作"坐经"。她们的凝聚力很大，心很齐。她们听说城隍老爷被毁了，"哈！这还行！"她们一人拿了一炷香，要把姓黄的党部委员的家烧掉。黄某事先听到消息，越墙逃走，躲藏了好多天。这帮道婆子捐钱募化，硬是重新造了一个城隍老爷，和原来的一样。她们的道理很简单："怎么可以没有城隍老爷！"

愚昧是一种伟大的力量。

大多数人对城隍、土地、灶王爷的态度是"诚惶诚恐，不胜屏营待命之至"，但是也有人不是这样，有的时候不是这

样。很多地方戏的"三小戏"都有《打城隍》《打灶王》，和城隍老爷、灶王爷开了点小小玩笑，使他们不能老是那样俨乎其然，那样严肃。送灶时给灶王喂点关东糖，实在表现了整个民族的幽默感。

也许正是这点幽默感，使我们这个民族不致被信仰的铁板封死。

一九九〇年十二月八日

岁朝清供

　　"岁朝清供"是中国画家爱画的画题。明清以后画这个题目的尤其多。任伯年就画过不少幅。画里画的、实际生活里供的，无非是这几样：天竺果、腊梅花、水仙。有时为了填补空白，画里加两个香橼。"橼"谐音圆，取其吉利。水仙、腊梅、天竹，是取其颜色鲜丽。隆冬风厉，百卉凋残，晴窗坐对，眼目增明，是岁朝乐事。

　　我家旧园有腊梅四株，主干粗如汤碗，近春节时，繁花满树。这几棵腊梅磬口檀心，本来是名贵的，但是我们那里重白心而轻檀心，称白心者为"冰心"，而给檀心的起一个不好听的名字："狗心"。我觉得狗心腊梅也很好看。初一一早，我就爬上树去，选择一大枝——要枝子好看，花蕾多的，拗

折下来——腊梅枝脆，极易折，插在大胆瓶里。这枝腊梅高可三尺，很壮观。天竹我们家也有一棵，在园西墙角。不知道为什么总是长不大，细弱伶仃，结果也少。我不忍心多折，只是剪两三穗，插进胆瓶，为腊梅增色而已。

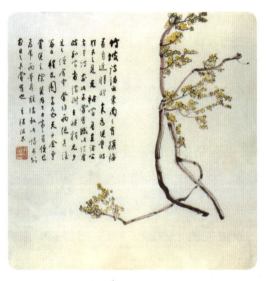

我走过很多地方，像我们家那样粗壮的腊梅还没有见过。

在安徽黟县参观古民居，几乎家家都有两三丛天竹。有一家有一棵天竹，结了那么多果子，简直是岂有此理！而且颜色是正红的，——一般天竹果都偏一点紫。我驻足看了半天，已经走出门了，又回去看了一会。大概黟县土壤气候特宜天竹。

在杭州茶叶博物馆，看见一个山坡上种了一大片天竹。我去时不是结果的时候，不能断定果子是什么颜色的，但看梗干枝叶都作深紫色，料想果子也是偏紫的。

任伯年画天竹，果极繁密。齐白石画天竹，果较疏；粒大，而色近朱红。叶亦不作羽状。或云此别是一种，湖南人谓之草天竹，未知是否。

养水仙得会"刻"，否则叶子长得很高，花弱而小，甚至花未放蕾即枯瘪。但是画水仙都还是画完整的球茎，极少画刻过的，即福建画家郑乃珖也不画刻过的水仙。刻过的水仙花美，而形态不入画。

北京人家春节供腊梅、天竹者少，因不易得。富贵人家常在大厅里摆两盆梅花（北京谓之"干枝梅"，很不好听），在泥盆外加开光粉彩或景泰蓝套盆，很俗气。

穷家过年，也要有一点颜色。很多人家养一盆青蒜。这也算代替水仙了吧。或用大萝卜一个，削去尾，挖去肉，空壳内种蒜，铁丝为箍，以线挂在朝阳的窗下，蒜叶碧绿，萝卜皮通红，萝卜缨翻卷上来，也颇悦目。

广州春节有花市，四时鲜花皆有。曾见刘旦宅画"广州春节花市所见"，画的是一个少妇的背影，背兜里背着一个娃娃，右手抱一大束各种颜色的花，左手拈花一朵，微微回头

逗弄娃娃，少妇着白上衣，银灰色长裤，身材很苗条。穿浅黄色拖鞋。轻轻两笔，勾出小巧的脚跟。很美。这幅画最动人处，正在脚跟两笔。

这样鲜艳的繁花，很难说是"清供"了。

曾见一幅旧画：一间茅屋，一个老者手捧一个瓦罐，内插梅花一枝，正要放到案上，题目："山家除夕无他事，插了梅花便过年"，这才真是"岁朝清供"！

一九九二年十二月三十一日

昆明年俗

铺松毛

昆明春节，很多人家铺松毛——马尾松的针叶。满地碧绿，一室松香。昆明风俗，亦如别处，初一至初五不扫地，——扫地就把财气扫出去了。铺了松毛不唯有过节气氛，也显得干净。

昆明城外，遍地皆植马尾松，松毛易得。

贴唐诗

昆明有些店铺过年不贴春联，贴唐诗。

昆明较小的店铺的门面大都是这样：下半截是砖墙，上半截是一排四至八扇木板，早起开门卸下木板，收市后上上。过年不卸板，板外贴万年红纸，上写唐诗各一首。此风别处未见。初一上街闲逛，沿街读唐诗，亦有趣。

劈甘蔗

春节街头常见人赌赛劈甘蔗。七八个小伙子，凑钱买一堆甘蔗，人备折刀一把，轮流劈。甘蔗立在地上，用刀尖压住甘蔗梢，急擎刀，小刀在空中画一圈，趁甘蔗未倒，一刀劈下。劈到哪里，切断，以上一截即归劈者。有人能一刀从梢劈通到根，围看的人都喝彩。

掷升官图

掷升官图几个人玩都可以。正方的皮纸上印回文的道道，两道之间印各种官职。每人持一铜钱。掷骰子，按骰子点数往里移动铜钱，到地后一看，也许升几级为某官，也可能降几级。升官图当是清代的玩意，因为有"笔帖式"这样的满官。至升为军机处大臣，即为赢家，大家出钱为贺。有的官是没有实权的，只是一种荣誉，如"紫禁城骑马"。我是很高兴掷到"紫禁城骑马"的，虽然只是纸上骑马，也觉得很风光。

嚼葛根

春节卖葛根。置木板上，上蒙湿了水的蓝布。葛根粗如人臂。给毛把钱，卖葛根的就用薄刃快刀横切几片给你。葛根嚼起来有点像生白薯，但无甜味，微苦。本地人说，吃了可以清火。管它清火不清火，这东西我没有尝过（在中药店里倒见过，但是切成棋子块的），得尝尝，何况不贵。

昆明的叫卖缘起

　　尝读《一岁货声》而爱之。我们的国民之中竟有人认真其事的感情的留心叫卖的声音而用不大灵便的，有限制的工具——仅用文字，——传状得那么好，那么有声有色：从字的排列自然产生起落抑扬，游转摇曳，拖长与顿逗，因而想见种种风尘辛苦和透漏出来的聪明黠巧，爱美及一个尚能维持的生命在游戏中表现的欢愉，濒于饥寒代替哭泣的歌呼，那么准确，那么朴素无华而那么点动无尽的思念存惜，感怀触怅，怎么可以不涌出谢意呢。小时候我们多半都爱摹仿某一种或几种叫卖。我们在折纸船纸鸟的时候，在下河游了一会起来穿衣服的时候，在挨了骂的伤心气愤消去之后，在无所事事，无聊与兴致勃勃的时候，要是没有一两句新熟或者重温的歌占据我们的喉舌，我们常常自得其乐地哼哼起卖糖卖罗葡的调子来了。有一回从昆明坐了火车到呈贡去看一个先生，一进门，刚坐定，先生问我话，我没听进去，到发现了自己的失态，才赶紧用力追捕那些

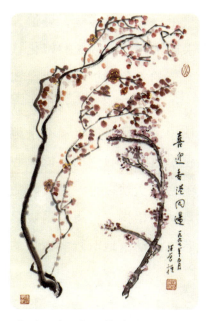

漂失的字音，我的心在他的孩子身上了，他们学火车站卖面包鸡蛋糕的学得那么神似，那么快乐。从活动里生出的声音在寂静里听起来每多感动，然而我们的市声中要是除去了吆喝还剩下多少颜色呢？那么恐怕对于货卖的腔调的喜爱许是天性，不必是始于读了《一岁货声》之后了。但对于货声的兴趣更浓一点，懒惰笨拙如旧，懒惰笨拙但不能忘情，有时颇起记述昆明的几种声音的妄想，当是读了《货声》之所赐。我要是不是我，我完全的是我，这个工作也许在昆明的时候就做好了。离开昆

明之后，我对于香港地区的太急躁刺激，近乎恐吓劫持的叫卖发过埋怨，他们大都是冒冒失失，不假修饰地报出货品名称，接着狂吼一毫子两毫子，几门几十门，用起毛发裂的声音无情地鞭打过路的人。上海的叫卖我学到的不多，有些太逶迤婀娜，男人作女人腔；有些又重浊中杂着不自然的油滑；毛里毛气，洋里洋气，恐怕大都是从苏州的，宁波的，无锡或杭州的腔调脱胎嬗化且简漏堕落而成的，真是本乡本土的本色的极少。叫卖在上海实在可怜极了，在汽车、电车、三轮车、八灯收音机和五光十色的霓虹灯的喧闹中，冲撞挤压得没有余地了。只有清晨倒马桶的，深夜卖白糖莲心粥的还能惊心动魄地，凄楚悲凉地叫。秋冬之际卖炒白果，是比较头脑清醒的时候，西风北风吹落法国梧桐，可得的温暖显得那么可爱的时候，然而里巷之间动情地听着卖白果的念叨的孩子已经渐渐地更少了。

"阿要吃糖炒熟白果。

香是香来糯是糯。

一粒白果鹅蛋大。"

底下没来由地接了一句：

"要吃白果！钱拿出来！"

甚至有的更糟：

"要吃白栗！钞票拿出来！"

这实在太不客气，太不讲交情了。上海人总是那么实际又那么爱时髦。钱就是就是了，何必一定要指明现在通行的货币。既已知道要想从你手里得到碧绿如玉，娇黄微软，香是香来糯是糯的白果一定是摸过自己的口袋而走上来的，料想掏出来的还会是一把青铜钱么？为了达到目的，连最后一句的韵脚都不顾了么？你们叫着时不觉得别扭么？即使押韵稳当，话也说得更和气有礼，大概这一类的叫卖不久也就会失传了罢，上海大概从来没有游客对它的叫卖存过希望。北平是以货声出名的地方了，许多吆喝声我们在没有身历其境时就知道怎么叫了，然而"罗卜赛梨辣来换"极少配上不沙哑的嗓子，"硬面饽饽"在我的楼下也远不如我们外乡人在演曹禺的戏的时候所作的效果更有效果。而在揣摩着他们把"硬"字都念得开口过大成为"漾"字的时候，我想北平我们真是初来，乃不禁想起在昆明我们住了多久啊。"骄傲于被问路于自己，异乡人懂得水里的微笑"，对不起，那实在不算得甚么。昆明的一条一条街，一条一条弯弯曲曲巷子，高高下下的坡，都说着就和盘托出来了，有去有来，有左有右，有光暗，有

颜色，有感觉，有气味，而且，升起飘出来各种各种声音，那么丰富，那么亲切，那么自然，那么现现成成的，在我们的腹下，我们的喉头，我们的烟灰缸的上空，我们头靠着椅子的背后，教我们眼睛眯□^①，有光亮，我们的手指交握，搓揉，我们虚胸缩颈，舔掠唇舌，摩娑下巴，吞咽唾水，简直的不在乎自己是□^②态可掬了。这些声音真是入于肺腑，深在意识之中，随时与我们同在了。那么我们很有理由毫无顾忌地坚持着对于昆明的叫卖的偏爱了。——是偏爱，但世上若是除去了偏爱，剩下来的即使还有，那种爱是甚么一种不可想象的样子呢？——以后我要随时想起，随时记录下来了。其实我更希望有常识与专常的有心人，利用假期，以其余力，做这件事。如果他要，我可以把我的几则一齐送给他去。那当然不限定昆明一个地方，好！我连我的偏爱都可以捐弃。我有什么话想跟他说么？没有，除了一点，是不是可以弄得不太有条理？我的意思是说，喏，弄得好玩一点。

---

① □表示此处缺字。

② □表示此处缺字。

泼水节印象

　　作家访问团四月六日离京赴云南，是为了能赶上泼水节。

　　十一日到芒市。这是泼水节的前一天。这天干部带领群众上山采花。采的花名锥栗花，是一串一串繁密而细碎的白色的小花，略带点浅浅的豆绿。我们到时，全市已经用锥栗花装饰起来了。

　　泼水节由来的传说是大家都知道的：有一魔王，具无上魔力，猛恶残暴，祸祟人民。他有七个妻子。一日，魔王酒醉，告诉最年轻的妻子："我虽有无上魔力，亦有弱点。如拔下我的一根头发，在我颈上一勒，我头即断。"其妻乃乘魔王酣睡，拔取其头发一根，将魔王头颈勒断。不料魔王头落在哪里，哪里即起大火。魔王之妻只好将头抱着，七个妻子轮流抱持。她们身上沾染血污，气味腥臭。诸邻居人，乃各以

香水，泼向她们，为除不洁，世代相沿，遂成节日。

这大概只是口头传说，并无文字记载。泼水节仪式中看不出和这个传说直接有关的痕迹。傣族人所以重视这个节，是因为这是傣历的新年。作为节日的象征的，是龙。节日广场的中心有一条木雕彩画的巨龙。傣族的龙和汉族的不大一样。汉族的龙大体像蛇，蜿蜒盘屈；傣族的龙有点像鸟，头尾高昂，如欲轻举。这是东南亚的龙，不是北方的龙。龙治水，这是南方人北方人都相信的。泼水节供养木龙，顺理成章。泼水节是水的节。

节日还没有正式开始，一早起来，远近已经是一片铓锣象脚鼓的声音。铓锣厚重，声音发闷而能传远，象脚鼓声也很低沉，节拍也似很单调，只是一股劲地咚咚咚咚……，蓬蓬蓬蓬……，不像北方锣鼓打出许多花点。不强烈，不高昂激越，而极温柔。

仪式很简单。先由地方负责同志讲话，然后由一个中年的女歌手祝福，女歌手神情端肃，曼声吟诵，时间不短，可惜听不懂祝福的词句，同时，有人分发泼水粑粑和金米饭。泼水粑粑乃以糯米粉和红糖，包在芭蕉叶中蒸熟；金米饭是用一种山花把糯米染黄蒸熟了的。

泼水开始。每人手里都提了一只小水桶，塑料的或白铁的，内装多半桶清水，水里还要滴几点香水，桶内插了花枝。泼水，并不是整桶的往你身上泼，只是用花枝蘸水，在你肩膀上掸两下，一面用傣语说："好吃好在"。我们是汉人，给我们泼水的大都用汉语说："祝你健康"。"祝你健康"太一般了，不如"好吃好在"有意思。接受别人泼水后，可以也用花枝蘸水在对方肩头掸掸，或在肩上轻轻拍三下。"好吃好在"，——"祝你健康"。但是少男少女互泼，常常就不那么文雅了。越是漂亮的，挨泼的越多。主席台上有一个身材修长，穿了一身绿纱的姑娘，不大一会已经被泼得浑身上下都湿透了。

主席台上的桌椅都挪开了，为什么？有人告诉我：要在这里跳舞，跳"嘎漾"。台上跳，台下也跳。不知多少副铓锣象脚鼓都敲响了，蓬蓬咚咚，混成一片，分不清是哪一面锣哪一腔鼓敲出来的声音。

"嘎漾"的舞步比较简单。脚下一步一顿，手臂自然摆动，至胸前一转手腕。"嘎漾"是鹭鸶舞的意思。舞姿确是有点像鹭鸶。傣族人很喜欢鹭鸶。在碧绿的田野里时常可以看到成群的白鹭。"嘎漾"有十五六种姿势，主要的变化在腕臂。虽然简单，却很优美。傣族少女，着了筒裙，小腰秀颈，姗姗细步，跳起"嘎漾"，极有韵致。在台上跳"嘎漾"的，就是方才招呼我们吃泼水粑粑，用花枝为我们泼水的服务人

员，全都打扮得花枝招展，一个赛似一个。我问陪同人："她们是不是都是演员？"——"不是，有的是机关干部，有的是商店的营业员。"

跳"嘎漾"的大部分是水傣，也有几个旱傣，她们也是服务人员。旱傣少女的打扮别是一样：头上盘了极粗的发辫，插了一头各种颜色的绢花。白纱上衣，窄袖，胸前别满了黄灿灿的镀金饰物，一边龙，一边凤，还有一些金花、金蝶、金葫芦。下面是黑色的喇叭裤，系黑短围裙，垂下两根黑地彩绣的长飘带。水傣少女长裙曳地，仪态万方；旱傣少女则显得玲珑而带点稚气。

泼水节是少女的节，是她们炫耀青春，比赛娇美的节日。正是由于这些着意打扮、到处活跃的少女，才把节日衬托得如此华丽缤纷，充满活力。

晚上有宴会，到各桌轮流敬酒的，还是她们。一个一个重新梳洗，换了别样颜色的衣裙，容光焕发，精力盛旺。她们的敬酒，有点霸道。杯到人到，非喝不可。好在砂仁酒度数不高而气味芳香，多喝两杯也无妨。我问一个岁数稍大的姑娘："你们今天是不是把全市的美人都动员来了？"她笑着说："哪里哟！比我们好看的有的是！"

第二天，我们到法帕区又参加了一次泼水节。规模不能与芒市比，但在杂乱中显出粗豪，另是一种情趣。

归时已是黄昏。德宏州时差比北京晚一小时，过七点了，天还不暗。但是泼水高潮已过。泼水少女，已经兴尽，三三两两，阑珊归去，只余少数顽童，还用整桶泥水，泼向行人车辆。

有一个少女在河边洗净筒裙，晾在树上。同行的一位青年小说家，有诗人气质，说他看了两天泼水节，没有觉得怎么样，看了这个少女晾筒裙，忽然非常感动。

> 泼水归来日未曛，
> 散抛锥栗入深林。
> 铓锣象鼓声犹在，
> 缅桂梢头晾筒裙。

泼水，泼人、被泼，都是未婚少女的事。一出嫁，即不再参与。已婚妇女的装束也都改变了。不再着鲜艳的筒裙，只穿白色衫裤，头上系一个衬有硬胎的高高的黑绸圆筒。背上大都用兜布背了一个孩子。她们也过泼水节，但只是来看看热闹。她们的神情也变了，冷静、淡漠，也许还有点惆怅、凄凉，不再像少女那样笑声琅琅，神采飞扬，眼睛发光。

一九八七年五月四日

本命年和岁交春

今年是猴年，我属猴，是我的本命年。北方把本命年很当一回事，以为是个"坎儿"，这一年要系一条红裤腰带。南方似无此说道。全国属猴的约占十二分之一。即使这一年对属猴的都不利，那么倒霉的也只是十二分之一的人口，小意思！

今年又是"岁交春"，大年初一立春。语云："千年难得龙华会，万年难得岁交春"，难得的。据说岁交春大吉大利，这一年会风调雨顺，国泰民安。

假如猴年对我不利，而岁交春则非常吉利，那么，至少可以两抵。

北方人，尤其是北京人，很重视立春，那天要吃春饼。生葱、嫩韭、炒豆芽、炒菠菜、炒鸡蛋，与清酱肉、腊鸭，卷于薄面饼中食之。很好吃。管他吉利不吉利，今年初一，我下定决心：吃一次春饼！

北京人的遛鸟

　　遛鸟的人是北京人里头起得最早的一拨。每天一清早，当公共汽车和电车首班车出动时，北京的许多园林以及郊外的一些地方尘旷、林木繁茂的去处，就已经有很多人在遛鸟了。他们手里提着鸟笼，笼外罩着布罩，慢慢地散步，随时轻轻地把鸟笼前后摇晃着，这就是"遛鸟"。他们有的是步行来的，更多的是骑自行车来的。他们带来的鸟有的是两笼——多的可至八笼。如果带七八笼，就非骑车来不可了。车把上、后座、前后左右都是鸟笼，都安排得十分妥当。看到它们平稳地驶过通向密林的小路，是很有趣的，——骑在车上的主人自然是十分潇洒自得，神清气朗。

　　养鸟本是清朝八旗子弟和太监们的爱好，"提笼架鸟"在过去是对游手好闲，不事生产的人的一种贬词。后来，这种爱好才传到一些辛苦忙碌的人中间，使他们能得到一些休息和安慰。我们常常可以在一个修鞋的、卖老豆腐的、钉马掌的摊前的小树上看到一笼鸟。这是他的伙伴。不过养鸟的还是以上岁数的较多，大都是从五十岁到八十岁的人，大部分是退休的职工，在职的稍少。近年在青年工人中也渐有养鸟的了。

北京人养的鸟的种类很多。大概说起来，可以分为大鸟和小鸟两类。大鸟主要是画眉和百灵，小鸟主要是红子、黄鸟。

鸟为什么要"遛"？不遛不叫。鸟必须习惯于笼养，习惯于喧闹扰攘的环境。等到它习惯于与人相处时，它就会尽情鸣叫。这样的一段驯化，术语叫作"压"。一只生鸟，至少得"压"一年。

让鸟学叫，最直接的办法是听别的鸟叫，因此养鸟的人

经常聚会在一起，把他们的鸟揭开罩，挂在相距不远的树上，此起彼歇地赛着叫，这叫作"会鸟儿"。养鸟人不但彼此很熟悉，而且对他们朋友的鸟的叫声也很熟悉。鸟应该向哪只鸟学叫，这得由鸟主人来决定。一只画眉或百灵，能叫出几种"玩意"，除了自己的叫声，能学山喜鹊、大喜鹊、伏天、苇乍子、麻雀打架、公鸡打架、猫叫、狗叫。

曾见一个养画眉的用一架录音机追逐一只布谷鸟，企图把它的叫声录下，好让他的画眉学。他追逐了五个早晨（北京布谷鸟是很少的），到底成功了。

鸟叫的音色是各色各样的。有的宽亮，有的窄高；有的鸟聪明，一学就会；有的笨，一辈子只能老实巴交地叫那么几声。有的鸟害羞，不肯轻易叫；有的鸟好胜，能不歇气地叫一个多小时！

养鸟主要是听叫，但也重相貌。大鸟主要要大，但也要大得匀称。画眉讲究"眉子"（眼外的白圈）清楚。百灵要大头，短喙。养鸟人对于鸟自有一套非常精细的美学标准，而这种标准是他们共同承认的。

因此，鸟的身份悬殊极大。一只生鸟（画眉或百灵）值二三元人民币，甚至还要少，而一只长相俊秀能唱十几种"曲调"的值一百五十元，相当一个熟练工人一个月的工资。

养鸟是很辛苦的。除了遛，预备鸟食也很费事。鸟一般要吃拌了鸡蛋黄的棒子面或小米面，牛肉——把牛肉焙干，碾成细末。经常还要吃"活食"，——蚱蜢、蟋蟀、玉米虫。

养鸟人所重视的，除了鸟本身，便是鸟笼。鸟笼分圆笼、方笼两种。一般的鸟笼值一二十元，有的雕镂精细，近于"鬼工"，贵得令人咋舌。——有人不养鸟，专以搜集名贵鸟笼为乐。鸟笼里大有高低贵贱之分的是鸟食罐。一副雍正青花的鸟食罐，已成稀世的珍宝。

除了笼养听叫的鸟，北京人还有一种养在"架"上的鸟。所谓架，是一截树杈。养这类鸟的乐趣是训练它"打弹"，养鸟人把一个弹丸扔在空中，鸟会飞上去接住。有的一次飞起能接连接住两个。架养的鸟一般体大嘴硬，例如锡嘴和交喙雀。所以，北京过去有"提笼架鸟"之说。

美国短简

美国旗

    美国人很爱插国旗。爱荷华[①]市不少人家门外的草地上立着一根不高的旗杆，上面是一面星条旗。人家关着门，星条旗安安静静的，轻轻地飘动着。应该说这也表现了一点爱国情绪，但更多的似是当作装饰。国旗每天都可以挂，不像中国要到五一、十一才挂，显得过于隆重。大抵中国人对于国旗有一种崇拜心理，美国人则更多的是亲切。美国可以把星条图案印在体操女运动员的紧身露腿的运动衣上，这在中

---

① 现在通译作艾奥瓦。

国大概不行，一定会有人认为这是对于国旗的亵渎。

美国各州都有州旗，州旗大都是白地子，上面画（印）了花里胡哨的图案，照中国人看，简直是儿童趣味。国旗、州旗升在州政府的金色圆顶的旗杆上，国旗在上，州旗在下。——美国州政府的建筑大都是一个金色的圆顶，上面矗立着旗杆。衣阿华州治已经移到邻近一个市，但爱荷华市还保留着老州政府，每天也都升旗。爱荷华市有一个人死了，那天就要下半旗，不论死的是什么人，一视同仁，不像中国要死了大人物才下半旗。这一点看出美国和中国的价值观念很不一样。别的州、市有没有这样的风俗，就不知道了。

夜光马杆

美国也有马杆。我在爱荷华街头看到一个盲人。是个年轻人，穿得很干净，白运动衫裤，白运动鞋。步履轻松，走得和平常人一样的快。他手执一根马杆探路。这根马杆是铝制的，很轻便，样子也很好看。马杆着地的一端有一个小轮子。马杆左右移动，轮子灵活地转动着。马杆不离地面，不像中国盲人的竹马杆，得不停地戳戳戳戳点在地上。因此，

这个青年给人的印象是很健康，不像中国盲人总让人觉得有些悲惨。后来我又看到一个岁数大的盲人，用的也是这种马杆。据台湾地区诗人蒋勋告诉我，这种马杆是夜光的，——夜晚发光。这样在黑地里走，别人会给盲人让路。这种马杆，中国似可引进，造价我想不会很贵。

美国对残疾人是很尊重的。到处是画了白色简笔轮椅图案的蓝色的长方形的牌子。有这种蓝牌子的门，是专供残疾人进出的；有这种蓝牌子的停车场，非残疾人停车，要罚款。很多有台阶的商店，都在台阶边另铺设了一道斜坡，供残疾人的轮椅上下。爱荷华大学有专供残疾人连同轮椅上楼下楼的铁笼子。街上常见到残疾人，他们的神态都很开朗，毫不压抑。博物馆里总有一些残疾人坐着轮椅，悠然地观赏伦布朗的画，亨利·摩尔的雕塑。

中国近年也颇重视对残疾人的工作。但我觉得中国人对残疾人的态度总带有怜悯色彩，"恻隐之心"。这跟儒家思想有些关系。美国人对残疾人则是尊重。这是不同的态度。怜悯在某种意义上是侮辱。

花草树

美国真花像假花，假花像真花。看见一丛花，常常要用手摸摸叶子，才能断定是真花，是假花。旅美多年的美籍华人也是这样，摸摸，凭手感，说是"真的！真的！"美国人家大都种花。美国的私人住宅是没有围墙的，一家一家也不挨着，彼此有一段距离，门外有空地，空地多栽花。常见的是黄色的延寿菊。美国的延寿菊和中国的没有两样。还有一种通红的，不知是什么花。我在诗人桑德堡故居外小花圃中发现两棵凤仙花，觉得很亲切，问一位美国女士："这是什么花？"她不知道。美国人家种花大都是随便撒一点花籽，不甚设计。有一种设计则不敢领教：在草地上画出一个正圆的圆圈，沿着圆圈等距离地栽了一撮一撮鲜艳的花。这种布置实在是滑稽。美国人家室内大都有绿色植物，如中国的天门冬、吊兰之类，栽在一个锃亮的黄铜的半球里，挂着。这种趣味我也不敢领教。美国人家多插花，常见的是菊花，短瓣，紫红的、白的。我在美国没有见过管瓣、卷瓣、长瓣的菊花。即使有，也不会有

"麒麟角""狮子头""懒梳妆"之类的名目。美国人插花只是取其多,有颜色,一大把,插在一个玻璃瓶子里。美国人不懂中国插花讲究姿态,要高低映照,欹侧横斜,瓶和花要相称。美国静物画里的花也是这样,乱烘烘的一瓶。美国人不会理解中国画的折枝花卉。美国画里没有墨竹,没有兰草。中国各项艺术都与书法相通。要一个美国人学会欣赏王献之的"鸭头丸帖",是永远办不到的。美国也有荷花,但未见入画,美国人不会用宣纸、毛笔、水墨。即便画,也绝不可能有石涛、八大山人那样的效果。有荷花,当然有莲蓬。美国人大概不会吃冰糖莲子。他们让莲蓬结老了,晒得干干的,插瓶,这倒也别致,大概他们认为这种东西形状很怪,有的人家插的莲蓬是染得通红的,这简直是恶作剧,不敢领教!美国人用芦花插瓶,这颇可取。在德国移民村阿玛纳看见一个铺子里有芦花卖,50美分一把。

美国年轻,树也年轻。自爱荷华至斯泼凌菲尔德高速公路两旁的树看起来像灌木。阿玛纳有一棵橡树,大概是当初移民来的德国人种的,有上百年的历史了,用木栅围着,是罕见的老树了。像北京中山公园、天坛那样的五百年以上的柏树，是找不出来的。美国多阔叶树，少针叶树。最常见的是橡树。松树也有，少。林肯墓前、马克·吐温家乡有几棵松树。美国松树也像美国人一样，非常健康，很高，很直，很绿。美国没有苏州"清、奇、古、怪"那样松树，没有黄山松，没有泰山的五大夫松。中国松树多姿态，这种姿态往往是灾难造成的，风、雪、雷、火。松之奇者，大都伤痕累累。中国松是中国的历史，中国的文化和中国人的性格所形成的。中国松是按照中国画的样子长起来的。

美国草和中国草差不多。狗尾巴草的穗子比中国的小，颜色发红。"五月花"公寓对面有一片很大的草地。蒲公英吐絮时，如一片银色的薄雾。羊胡子草之间长了很多草苜蓿。这种草的嫩头是可以炒了吃的，上海人叫作"草头"或"金花菜"，多放油，武火急炒，少滴一点高粱酒，很好吃。美国人不知道这能吃。知道了，也没用，美国人不会炒菜。

Graffiti

这是一个意大利字，意思是在墙上乱画。台湾地区翻成

"涂鸦"，我看不如干脆翻成"鬼画符"。纽约，芝加哥，很多城市地下铁的墙上，比较破旧的建筑物的墙上、桥洞里，画得一塌糊涂。这是青少年干的。他们不是用笔画，而是用喷枪喷，嗞——一会儿就喷一大片。照美国的法律，这不犯法，无法禁止。有一些，有一点意思。我在爱荷华大学附近的桥下，看到："中央情报局＝谋杀"，这可以说是一条政治标语。有的是一些字母，不知是什么意思。还有些则是莫名其妙的圆圈、曲线、弧线。为什么美国的青少年要干这种事呢？——据说他们还有一个松散的组织，类似协会什么的。听说美国有心理学家专门研究这问题，大体认为这是青少年对现状不满的表现。这样到处乱画，我觉得总不大好，希望中国不发生这种事。

怀　旧

正因为美国历史短，美国人特别爱怀旧。

爱荷华市的河边有一家饭馆，菜很好，星期天的自助餐尤其好，有多种沙拉、水果，各种味道调料。这原是一个老机器厂，停业了，饭馆老板买了下来，不加改造，房顶、墙壁上保留了漆成暗红色的拐来拐去的粗大的铁管道，很粗的铁链。顾客就在这样的环境里，临窗而坐，喝加了苏打的金酒，吃烤牛肉，炸土豆条，觉得别有情调。

阿玛纳原来是一个德国移民村。据说这个村原来是保留老的生活习惯的：不用汽车，用马车。现在不得不改变了，村里办了很大的制冷机厂和微波炉厂。不过因为曾是古村，每逢假日，还是有不少人来参观。"古"在哪里呢？不大看得出来。我们在一个饭店吃饭，饭店门外悬着一副牛轭，作为标志，唔，这有点古。饭店的墙上挂着一排长长短短的老式的木匠工具，也许这原是一个木匠作坊。这也古。点的灯是有玻璃罩子煤油灯。我问接待我们的小姐："这是煤油灯？"她笑了："假的。"是做成煤油灯状的电灯。这位小姐不是德国血统，祖上是英国人，一听她的姓就不禁叫人肃然起敬：莎士比亚。她承认是莎士比亚的后代。她和我聊了几句，不知道为什么说起她不打算结婚，认为女人结婚不好。这是不是也是古风？阿玛纳有一个博物馆，陈列着当年的摇床、木椅。有一个"文物店"。卖的东西的"年份"都是百年以内的，但标价颇昂，一个祖母用过的极其一般的铜碟子，50美

金。这样的村子在中国到处都可以找得出来，这样的"文物"嘛，中国的废品收购站里多的是。阿玛纳卖"农民"自酿的葡萄酒，有好几家。买酒之前每种可以尝一小杯。我尝了两三杯，没有买，因为我对葡萄酒实在是外行，喝不出所以然。

江·迪尔是一家很现代化的大农机厂，厂部大楼是有名的建筑，全都用钢材和玻璃建成，利用钢材的天然锈色和透亮的玻璃的对比造成极稳定坚实而又明净疏朗的效果。在一口小湖的中心小岛上安置了亨利·摩尔的青铜的抽象化的雕塑。但是在另一侧，完好地保存了曾祖父老迪尔的作坊。这是江·迪尔厂史的第一页。

全美保险公司是一个很大的企业。我们参观了衣阿华州的分公司。大办公室上百张桌子，每个桌上一架电脑。这家公司收藏了很多现代艺术作品，接待室里，走廊上，到处都是。每个单人办公的小办公室里也有好几件抽象派的绘画和雕塑。我很奇怪：这家公司的经理这样喜欢现代艺术？后来知道，原来美国政府有规定，凡企业购买当代艺术作品的，所付的钱可于应付税款中扣除，免缴一部分税。那么，这些艺术品等于是白得的。用企业养艺术，这政策不错！

上午参观了一个现代化的大公司，看了数不清的现代派的艺术作品，下午参观了一个截然不同的地方："活历史农庄"。这里保持着一百年前的样子。我们坐了用老式拖拉机拉着的有几排座位的大车逛了一圈，看了原来印第安人住的小窝棚，在橡树林里的坎坷起伏的小路上钻了半天。有一家打铁的作坊，一位铁匠在打铁。他这打铁完全是表演，烧烟煤碎块，拉着皮老虎似的老式风箱。有一家杂货店，卖的都是旧货。一个店主用老式的办法介绍一些货品的特点，口若悬河。他介绍的货品中竟有一件是中国的笙。他介绍得很准确："这是一件中国的乐器，叫作'笙'。"这家杂货店卖一百年前美国人戴的黑色的粗呢帽（是新制的），卖本地传统制法的果子露饮料。

我们各处转了一圈，回来看看那位铁匠，他已经用熟铁打出了一件艺术品，一条可以插蜡烛的小蛇，头在下，尾在上，蛇身盘扭。

参观了林肯年轻时居住过的镇。这个镇尽量保持当年模样。土路、木屋。林肯旧居犹在，他曾经在那里工作过的邮局也在。有一个老妈妈在光线很不充足的木屋里用不同颜色的碎布拼缀一条百衲被。一个师傅在露地里用棉线心蘸蜡烛，一排一排晾在木架上（这种蜡烛北京现在还有，叫作"洋

蜡"）。林肯故居檐下有一位很肥白壮硕的少妇在编篮子。她穿着林肯时代的白色衣裙，赤着林肯时代的大白脚，一边编篮子，一边与过路人应答。老妈妈、蜡烛师傅、赤着白脚的壮硕妇人，当然都是演员。他们是领工资的。白天在这里表演，下班驾车回家，吃饭，喝可口可乐，看电视。

公　园

　　美国的公园和中国的公园完全不同，这是两个概念。美国公园只是一大片草地，很多树，不像北京的北海公园、中山公园、颐和园，也不像苏州园林。没有亭台楼阁，回廊幽径，曲沿流泉，兰畦药圃。中国的造园讲究隔断、曲折、借景，在不大的天地中布置成各种情趣的小环境，美国公园没有这一套，一览无余。我在美国没有见过假山，没有扬州平山堂那样人造削壁似的假山，也没有苏州狮子林那样人造峰峦似的假山。美国人不懂欣赏石头。对美国人讲石头要瘦、绉、透，他一定莫名其妙。颐和园一进门的两块高大而玲珑的太湖石，花很多银子从米万锺的勺园移来的一块横卧的大石头，以及开封相国寺传为艮岳遗石的石头，美国人都绝不会对之下拜。美国有风景画，但没有中国的"山水画"。公园，在中国是供人休息、漫步、啜茗、闲谈、沉思、觅句的地方。美国人在公园里扔橄榄球，掷飞碟，男人脱了上衣、女人穿了比基尼晒太阳。美国公园大都有一些铁架子，是供野餐的人烤肉用的。

奇妙的地理风俗

大地（节选）

　　我到坝上沽源马铃薯研究站去画一套《中国马铃薯图谱》。

　　有一天，有一个干部从正蓝旗骑马到"站"里来办事，马拴在"拴马桩"上。这是一匹黑马，很神骏。我忽然想试试骑骑马。我已经二十年没有骑马了。起初有点胆怯，但是这匹马走得很稳，地又很平，于是我就放胆撒开缰绳让马飞奔起来。坝上的地真是大地，一眼望不到边，长着干净得水洗过一样整齐的"碱草"，种着大片大片的莜麦。要问坝上的地块有多大？有一个农民告诉我：有一个汉子牵了一头母牛去犁地，犁了一垄，回来时母牛带回了一个牛犊子，已经三岁了！在这样平坦的大地上驰马，真是痛快。

　　变天了！黑云四合，速度很快，顷刻之间已到头顶。黑

云绞扭着，翻腾着，扩散着，喷射着，雷鸣电闪，很可怕。不断变化着的浓云，好像具有一种超自然的、不可抗拒的威力，让人感到这是天神在发怒。这是雹子云。我早就听说过坝上的雹子很厉害，能有鸡蛋大，曾经砸死过牛，也砸死过人。

我赶紧扯动缰绳，夹紧了马肚子，飞奔着赶回马铃薯研究站。刚才还是明晃晃的太阳，霎时变得天昏地暗，几乎不辨五指。站在黑沉沉的大地上飞驰，觉得我的马和我自己都很小。

一九九四年八月

沽源（节选）

　　沙岭子农业科学研究所派我到沽源的马铃薯研究站去画马铃薯图谱。我从张家口一清早坐上长途汽车，近晌午时到沽源县城。

　　沽源原是一个军台。军台是清代在新疆和蒙古西北两路专为传递军报和文书而设置的邮驿。官员犯了罪，就会被皇上命令"发往军台效力"。我对清代官制不熟悉，不知道什么品级的官员，犯了什么样的罪名，就会受到这种处分，但总是很严厉的处分，和一般的贬谪不同。然而据龚定庵[①]说，发往军台效力的官员并不到任，只是住在张家口，花钱雇人

---

① 龚定庵：龚自珍。

去代为效力。我这回来，是来画画的，不是来看驿站送情报的，但也可以说是"效力"来了，我后来在带来的一本《梦溪笔谈》的扉页上画了一方图章："效力军台"，这只是跟自己开开玩笑而已，并无很深的感触。我戴了"右派分子"的帽子，只身到塞外——这地方在外长城北侧，可真正是"塞外"了——来画山药（这一带人都把马铃薯叫作"山药"），想想也怪有意思。

　　沽源在清代一度曾叫"独石口厅"。龚定庵说他"北行不过独石口"，在他看来，这是很北的地方了。这地方冬天很冷。经常到口外揽工的人说："冷不过独石口。"据说去年下了一场大雪，西门外的积雪和城墙一般高。我看了看城墙，这城墙也实在太矮了点，像我这样的个子，一伸手就能摸到城墙顶了。不过话说回来，一人多高的雪，真够大的。

　　这城真够小的。城里只有一条大街。从南门慢慢地溜达着，不到十分钟就出北门了。北门外一边是一片草地，有人在套马；一边是一个水塘，有一群野鸭子自自在在地浮游。城门口游着野鸭子，城中安静可知。城里大街两侧隔不远种一棵树——杨树，都用土墼围了高高的一圈，为的是怕牛羊啃吃，也为了遮风，但都极瘦弱，不一定能活。在一处墙角竟发现了几丛波斯菊，这使我大为惊异了。波斯菊昆明是很常见的。每到夏秋之际，总是开出很多浅紫色的花。波斯菊花瓣单薄，叶细碎如小茴香，茎细长，微风吹拂，姗姗可爱。我原以为这种花只宜在土肥雨足的昆明生长，没想到它在这少雨多风的绝塞孤城也活下来了。当然，花小了，更单薄了，叶子稀疏了，它，伶仃萧瑟了。虽则是伶仃萧瑟，它还是竭力地放出浅紫浅紫的花来，为这座绝塞孤城增加了一分颜色，一点生气。谢谢你，波斯菊！

　　我坐了牛车到研究站去。人说世间"三大慢"：等人、钓鱼、坐牛车。这种车实在太原始了，车轱辘是两个木头饼子，本地人就叫它"二饼子车"。真叫一个慢。好在我没有什么急事，就躺着看看蓝天；看看平如案板一样的大地——这真是"大地"，大得无边无沿。

　　我在这里的日子真是逍遥自在之极。既不开会，也不学习，也没人领导我。就我自己，每天一早蹚着露水，掐两丛马铃薯的花，两把叶子，插在玻璃杯里，对着它一笔一笔地画。上午画花，下午画叶子——花到下午就蔫了。到马铃薯陆续成熟时，就画薯块，画完了，就把薯块放到牛粪火里烤熟了，吃掉。我大概吃过几十种不同样的马铃薯。据我的品评，以"男爵"为最大，大的一个可达两斤；以"紫土豆"味道最佳，皮色深紫，薯肉黄如蒸栗，味道也似蒸栗；有一种马铃薯可当水果生吃，很甜，只是太小，比一个鸡蛋大不了多少。

　　沽源盛产莜麦。那一年在这里开全国性的马铃薯学术讨论会，与会专家提出吃一次莜面。研究站从一个叫"四家子"的地方买来坝上最好的莜面，比白面还细，还白；请来几位出名的做莜面的媳妇来做。做出了十几种花样，除了"搓窝窝""搓鱼鱼""猫耳朵"，还有最常见的"压饸饹"，其余的我都叫不出名堂。蘸莜面的汤汁也极精彩，羊肉口蘑潲（这个字我始终不知道怎么写）子。这一顿莜面吃得我终生难忘。

夜雨初晴，草原发亮，空气闷闷的，这是出蘑菇的时候。我们去采蘑菇。一两个小时，可以采一网兜。回来，用线穿好，晾在房檐下。蘑菇采得，马上就得晾，否则极易生蛆。口蘑干了才有香味，鲜口蘑并不好吃，不知是什么道理。我曾经采到一个白蘑。一般蘑菇都是"黑片蘑"，菌盖是白的，菌褶是紫黑色的。白蘑则菌盖菌褶都是雪白的，是很珍贵的，不易遇到。

有一次，我一个人走出去，走得很远，忽然变天了，天一下子黑了下来，我快步往回走。刚到研究站，大雨下来了，还夹有雹子。雨住了，却又是一个很蓝很蓝的天，阳光灿烂。草原的天气，真是变化莫测。

天凉了，我没有带换季的衣裳，就离开了沽源。剩下一些没有来得及画的薯块，是带回沙岭子完成的。

我这辈子大概不会再有机会到沽源去了。

坝
上

风梳着莜麦沙沙地响，
山药花翻滚着雪浪。
走半天见不到一个人，
这就是俺们的坝上。

——旧作《旅途》

香港人知道坝上的大概不多，但是不少人知道口蘑。口蘑的集散地在张家口市，但是出产在张家口地区的坝上。

张家口地区分坝上、坝下两个部分。我原来以为"坝"是水坝，不是的。所谓坝是一溜大山，齐齐的，远看倒像是一座大坝。坝上坝下，海拔悬殊。坝下七百公尺，坝上一千四，几乎是直上直下。汽车从万全县起爬坡，爬得很吃力。一上坝，就忽然开得轻快起来，撒开了欢。坝上是台地，非常平。北方人形容地面之平，说是平得像案板一样。而且非常广阔，一望无际。坝上下，温度也极悬殊。我上坝在九月初，原来穿的是衬衫，一上坝就披起了薄棉袄。坝上冬天冷到零下四十度。冬天上坝，汽车站都要检查乘客有没有大皮袄，曾经有人冻死在车上过。

坝上的农作物也和坝下不同，不种高粱、玉米，种莜麦、胡麻、山药。莜麦和西藏的青稞麦是一类的东西，有点像做麦片的燕麦。这种庄稼显得非常干净，看起来像洗过一样，梳过一样。胡麻开着蓝花，像打着一把一把小伞，很秀气。山药即马铃薯。香港人是见过马铃薯的，但是种在地里的马铃薯恐怕见过的人不多。马铃薯开了花，真是像翻滚着雪浪。

坝上有草原，多马、牛、羊。坝上的羊肉不膻，因为羊吃了野葱，自己已经把膻味解了。据说过去北京东来顺涮羊肉的羊都是从坝上赶了去的。——不是用车运，而是雇人成群地赶去的。羊一路走，一路吃草，到北京才不掉膘。

口蘑很奇怪，长在一定的地方，不是到处长。长蘑菇的地方叫作"蘑菇圈"。在草地上远远看去，有一圈草特别

绿，那就是蘑菇圈。蘑菇圈是正圆的。蘑菇就长在这一圈草里。——圈里不长，圈外也不长。有人说这地方过去曾扎过蒙古包，蒙古人把吃剩的肉汤、骨头丢在蒙古包周围，这一圈土特别肥，所以长蘑菇。但据研究蘑菇的专家告诉我，兹说不可信。我采过蘑菇。下过雨，出了太阳，空气潮暖，蘑菇就出来了。从土里顶出一个小小的白帽，雪白的。哈，蘑菇！我第一次采到蘑菇，其惊喜不下于小时候第一次钓到一条鱼。

口蘑品种很多。伞盖背面菌丝作紫黑色的，叫"黑片蘑"，品最次。比较名贵的是青腿子、鸡腿子、白蘑。我曾亲自采到一个白蘑，晾干了，带回北京。一个白蘑做了一大碗汤，一家人都喝了，都说："鲜极了！"口蘑要干制了才好吃，鲜口蘑不好吃，不像云南的鸡㙡或冬菇。我在井冈山吃过才摘的鲜冬菇，风味绝佳，无可比拟。

坝上还出百灵。过去有那种游手好闲，不好好种地的人，即靠采蘑菇和扣百灵为生。百灵为甚么要"扣"呢？因为它是落在地面上的。百灵的爪子不能拳曲，不能栖息在树上，——抓不住树枝。养百灵的笼里不要栖棍，只有一个"台"，百灵想唱歌，就登台表演。至于怎样"扣"，我则未闻其详。关里的百灵很多都是从"口外"去的。但是口外百灵到了关里得经过一段时间的调教，否则它叫起来带有口外的口音。咦，鸟还有乡音呀？

沙岭子

我曾在沙岭子农业科学研究所下放劳动过四个年头——1958 至 1961 年。

沙岭子是京包线宣化至张家口之间的一个小站。从北京乘夜车，到沙岭子，天刚刚亮。从车上下来十多个旅客，四散走开了。空气是青色的。下车看看，有点凄凉。我以后请假回北京，再返沙岭子，每次都是乘的这趟车，每次下车，都有凄凉之感。

这是一个极其普通的小车站。四年中，我看到它无数次了。它总是那样。四年不见一点变化。照例是涂成浅黄色的墙壁，灰色板瓦盖顶，冷清清的。

靠站的客车一天只有几趟。过境的货车比较多。往南去的最常见的是大兴安岭下来的红松。其次是牲口，马、牛、大概来自坝上或内蒙古草原。这些牛马站在敞顶的车厢里，样子很温顺。往北去的常有现代化的机器，装在高大的木箱里，矗立着。有时有汽车，都是崭新的。小汽车的车头爬在前面小车的后座上，一辆搭着一辆，像一串甲虫。

运往沙岭子到站的货物不多。有时甩下一节车皮，装的是铁矿砂。附近有一个铁厂。铁矿砂堆在月台上。矿砂运走了，月台被染成了紫红色，有时卸一车石灰，月台就被染得雪白的。紫颜色、白颜色，被人们的鞋底带走了，过不几天，月台又恢复了原先的浅灰的水泥颜色。

从沙岭子起运的，只有石头。东边有一个采石场——当地叫作"片石山"，每天十一点半钟放炮崩山。山已经被削去一半了。

农科所原来的房子很好，疏疏朗朗，布置井然。迎面是一排青砖的办公室，整整齐齐。办公室后是一个空场。对面是种子仓库，房梁上挂了很多整株的作物良种。更后是食堂，再后是猪舍。东面是职工宿舍，有两间大的是单身合同工住的，每间可容三十人。我就在东边一间的一张木床上睡了将近三年，直到摘了"右派"帽子，结束劳动后，才搬到干部宿舍里，和一个姓陈的青年技术员合住一间。种子仓库西边

有一条土路，略高出于地面。路之西，有一排矮矮的圆锥形的谷仓，状如蘑菇，工人们就叫它为"蘑菇仓库"，是装牲口饲料玉米豆的。蘑菇仓库以西，是马号。更西，是菜园、温室。农科所的概貌尽于此。此外，所里还有一片稻田，在沙岭子堡（镇）以南；有一片果园，在车站南。

头两年参加劳动，扎扎实实的劳动。大部分农活我差不多都干过。除了一些全所工人一齐出动的集中的突击性的活，如插秧、锄地、割稻子之外，我相对固定在果园干活。干得最多的是喷波尔多液。硫酸铜加石灰兑水，这就是波尔多液。果园一年不知道要喷多少次波尔多液，这是果树防病所必需的。梨树、苹果要喷，葡萄更是十天八天就得喷一回。果园有一本工作日记似的本本，记录每天干的活，翻开到处是"葡萄喷波尔多液"。这日记是由果园组组长填写的。不知道什么道理，这里的干部工人都把葡萄写成"芍芍"。两个字一样，为什么会读出两个字音呢？因为我喷波尔多液喷得细致，到后来这活都交给了我。波尔多液是天蓝色的，很漂亮。因为喷波尔多液的次数太多，我的几件白衬衫都变成浅蓝的了。

结束劳动后暂时无法分配工作，我就留在所里打杂，主要是画画。我曾参加过张家口地区农业展览会的美术工作，在画布或三合板上用水粉画白菜、萝卜、大葱、大蒜、短角牛、张北马。布置过一个"超声波展览馆"——那年不知怎么兴起了超声波，很多单位都试验这东西，好像这是一种增产的魔术。超声波怎么表现呢？这东西又看不见。我于是画了许多动物、植物、水产，农林牧副渔，什么都有，而在所有的画面上一律加了很多同心圆，表示这是超声波的振幅！

我画过一套颇有学术价值的画册:《中国马铃薯图谱》。沽源有个马铃薯研究站，集中了全国各地的，各种品种的马铃薯。研究站归沙岭子农科所领导。领导研究，要出版一套图谱，绘图的任务交给了我。在马铃薯花盛开的时候，我坐上二饼子牛车到了沽源研究站。每天踏着露水到地里掐一把花，几枝叶子，拿回办公室，插在玻璃杯里，照着画。我的工作实在是舒服透顶，不开会，不学习，没人管，自由自在，也没有指标定额，画多少算多少。画起来是不费事的。马铃薯的花大小只有颜色的区别，花形都一样；叶片也都差不多，有的尖一点，有的圆一点。花和叶子画完，画薯块。一个整个的马铃薯，一个剖面。画完一种薯块，我就把它放进牛粪火里烤熟了，吃掉。这里的马铃薯不下七八十种，每一种我都尝过。中国吃过那么多种马铃薯的人，大概不多。天冷了，

马铃薯块还没有画完，有一部分是运到沙岭子画的。还是那样的舒服。一个人一间屋子，升一个炉子，画一块，在炉子上烤烤，吃掉。我还画过一套口蘑图谱，钢笔画。口蘑都是灰白色，不需要着色。

我就这样在沙岭子度过了四个年头。

1983年，我应张家口市文联之邀，去给当地青年作家讲过一次课。市文联的两个同志是曾和我同时下放沙岭子农科所劳动过的，他们为我安排的活动，自然会有一项：到沙岭子看看。吉普车开到农科所门前，下车看看，可以说是面目全非。盖了一座办公楼，是灰绿色的。我没有进去，但是觉得在里面办公是不舒服的，不如原先的平房宽敞豁亮。楼上下来一个人，是老王，我们过去天天见。老王见我们很亲热。他模样未变，但是苍老了。他说起这些年的人事变化，谁得了癌症；谁受了刺激，变得糊涂了；谁病死了；谁在西边一棵树上上了吊死了。说不清是什么原因。他说起所里"文化大革命"的一些情况，说起我画的那套马铃薯图谱在"文化大革命"中毁了，很可惜。我在的时候，他是大学刚刚毕业，现在大概是室主任了。那时他还没有结婚，现在女儿已经上大学了。真是"昔别君未婚，儿女忽成行"。他原来是个很精神的小伙子，现在说话却颇有不胜沧桑之感。

老王领我们到后面去看看。原来的格局已经看不出多少痕迹。种子仓库没有了，蘑菇仓库没有了。新建了一些红砖的房屋，横七竖八。我们走到最后一排，是木匠房。一个木匠在干活，是小王！我住在工人集体宿舍的时候，小王的床挨着我的床。我在的时候，所里刚调他去学木匠，现在他已经是四级工，带两个徒弟了。小王已经有两个孩子。他说起他结婚的时候，碗筷还是我给他买的，锁门的锁也是我给他买的，这把锁他现在还在用着。这些，我可一点不记得了。

我们到果园看了看。果园可是大变样了。原来是很漂亮的，葱葱茏茏，蓬蓬勃勃。那么多的梨树。那么多的苹果。尤其是葡萄，一行一行，一架一架，整整齐齐，真是蔚为大观。葡萄有很多别处少见的名贵品种：白香蕉、柔丁香、秋紫、金铃、大粒白、白拿破仑、黑罕、巴勒斯坦……现在，全都不见了。果园给我的感觉，是荒凉。我知道果树老了，需要更新，但何至于砍伐成这样呢？有一些新种的葡萄，才一人高，挂了不多的果。

遇到一个熟人，在给葡萄浇水。我想不起他的名字了。

他原来是猪倌，后来专管"下夜"，即夜间在所内各处巡看。这是个窝窝囊囊的人，好像总没有睡醒，说话含糊不清，而且他不爱洗脸。他的老婆跟他可大不一样，身材颀长挺拔，而且出奇的结实，我们背后叫她阿克西尼亚。我很想见见阿克西尼亚，不知她现在是什么样子。

去看看稻田。

稻田挨着洋河。洋河相当宽，但是常常没有水，露出河底的大块卵石。水大的时候可以齐腰。不能行船，也无须架桥。两岸来往，都是徒涉。河南人过来，到河边，就脱了裤子，顶在头上，一步一步蹚着水。

河南地薄而多山。天晴时，在稻田场上可以看到河南的大山，山是干山，无草木，山势险峻，皱皱褶褶，当地人说："像羊肚子似的。"形容得很贴切。

稻田倒还是那样。地块、田埂、水渠、渠上的小石桥、地边的柳树、柳树下一间土屋、土屋里有供烧开水用的锅灶，全都没有变。二十多年了，好像昨天我们还在这里插过秧，割过稻子。

稻田离所里比较远。到稻田干活，一般中午就不回所里吃饭了，由食堂送来。都是蒸莜面饸饹，疙瘩白熬山药，或是一人一块咸菜。我们就攥着馇馇狼吞虎咽起来。稻田里有很多青蛙。有一个同我们一起下放的同志，是浙江人。他捉了好些青蛙，撕了皮，烧一堆稻草火，烤田鸡吃。这地方的人是不吃田鸡的，有几个孩子问："这东西好吃？"他们尝了一个："好吃好吃！"于是七手八脚捉了好多，大家都来烤田鸡，不知是谁，从土屋里翻出一碗盐，烤田鸡蘸盐水，就莜面，真是美味。吃完了，各在柳荫下找个地方躺下，不大一会，都睡着了。

在水渠上看见渠对面走来两个女的，是张素花和刘美兰。我过去在果园经常跟她们一起干活。我大声叫她们的名字。刘美兰手搭凉棚望了一眼，问："是不是老汪？"

"就是！"

"你咋会来了？"

"来看看。"

"一下来家吃饭。"

"不了，我要回张家口，下午有个会。"

"没事儿来！"

"来！——你和你丈夫还打架吗？"

刘美兰和丈夫感情不好，丈夫常打她，有一次把她的小

手指都打弯了。

"俺都当了奶奶了！"

刘美兰和张素花不知道说了什么，两个人嘻嘻笑着，走远了。

重回沙岭子，我似乎有些感触，又似乎没有。这不是我所记忆、我所怀念的沙岭子，也不是我所希望的沙岭子。然而我所希望的沙岭子又应是什么样子的呢？我也说不出。我只是觉得这一代的人都糊里糊涂地老了。是可悲也。

长城漫忆

    我的家乡是苏北，和长城距离很远，但是我小时候即对长城很有感情，这主要是因为常唱李叔同填词的那首歌：

> 长城外，
> 古道边，
> 芳草碧连天。
> 晚风拂柳笛声残，
> 夕阳山外山……

    长城给我一个很悲凉的印象。

    到北京后曾参观了八达岭长城。这一段长城是新修过的，砖石过于整齐，使我觉得是一个假古董。长城变成了游览区，

非复本来面目。

1958年我被错划成"右派"，下放张家口沙岭子劳动，这可真是出了长城了。

张家口一带农民把长城叫作"边墙"。我很喜欢这两个字。"边墙"者，防边之墙也。

长城内外各种方面是有区别的，但也不是那样截然不同。

长城外的平均气温比关里要低几度。我们冬天在沙岭子野外劳动，那天降温到零下39度，生产队长敲钟叫大家赶快回去，再降下去要冻死人的。零下39度在坝上不算什么，但在边墙附近可就是奇寒了。长城外昼夜温差大，当地人说："早穿皮袄午穿纱，抱着火炉吃西瓜。"这本是西北很多地方都有的俗谚，但是张家口人以为只有他们才是这样。再就是风大。有一天刮了一夜大风，山呼海啸。第二天一早我们到果园去劳动，在地下捡了二三十只石鸡子。这些石鸡子是在水泥电线杆上撞死的。它们被狂风刮得晕头转向、乱扑乱飞，想必以为落到电线杆上就可以安全了。这一带还爱下雹子。"蛋打一条线"（张家口一带把雹子叫作"冷蛋"），远远看见雹子云黑压压齐齐地来了，不到一会:砰里叭啦，劈里卜碌！有一场雹子，把我们的已经熟透的葡萄打得稀烂。一年的辛苦，全部泡汤（真是泡了汤）！沽源有一天下了一个雹子，有马大！

塞外无霜期短，但关里的农作物这里大都也能生长：稻粱菽麦黍稷。因为雨少，种麦多为"干寄子"，即把麦种先期下到地里等雨——"寄"字甚妙。为了争季节，有些地方种春小麦。春小麦可不好吃，蒸出馒头来发粘。坝下种莜麦的地方不多，坝上则主要的作物是莜麦。坝上土层薄，地块大，广种薄收。无水利灌溉，靠天收。如果一年有一点雨，打的莜麦可供河北省吃一年，故有人称坝上是"中国的乌克兰"。

马牛羊鸡犬豕都有。坝上有的地方是半农半牧区。张北的张北马、短角牛都是有名的。长城外各村都养羊。一是为了吃肉，二是要羊皮。塞外人没有一件白茬老羊皮袄是过不了冬的。狗皮主要是为了做帽子。没有狐狸皮帽子的，戴了狗皮遮耳大三块瓦皮帽，也能顶得住无情的狂风。

塞外人的饮食结构和关里不同的是爱吃糕，吃莜面。"糕"是黄米面拍成烧饼大小的饼子，在涂了胡麻油的铛上烙熟。口外认为这是食物中的上品，经饿，"三十里的莜面四十里的糕，二十里的白面饿断腰"。过去地主请工锄地，必要吃糕："锄地不吃糕，锄了大大留小小！"张家口一带人吃莜面

東看看
西看看

和山西雁北不同。雁北吃莜面只是蘸酸菜汤，加一点凉菜，张家口人则是蘸热的菜汤吃。锅里下一点油，把菜——山药（土豆）、西葫芦、疙瘩白（圆白菜）切成块，哗啦一声倒在

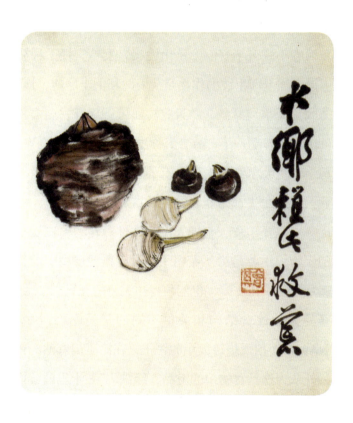

100

油锅里，这叫"下搭油"，盖盖焖熟后，再在菜面上浇一点油，叫作"上搭油"。这一带人做菜用油很省。有农民见一个下放干部炒菜，往锅里倒了半碗油，说："你用这么多的油，炒石子儿也是好吃的！"在烩菜里放几块羊肉，那就是过年了！

他们也知道吃野味。"天鹅、地鸲、鸽子肉、黄鼠"，这是人间美味。石鸡子、半翘子，是很容易捉到手，但是，虽然他们也说："宁吃飞禽四两，不吃走兽半斤"，他们对石鸡子之类的兴趣其实并不是很大，远不如来一碗口蘑炖羊肉"解恨"。

长城内外不缺水果。杏树很多，果大而味浓。宣化葡萄，历史最久，味道最佳。

长城对我们这个民族到底起了什么作用？说法不一。有人说这是边防的屏障，对于抵御北方民族入侵，在当时是必不可少的。这使得中国完成统一，对民族心理凝聚力的形成，是有很大影响的。也有人说这使得我们的民族形成一种盲目的自大心理，造成文化的封闭乃至停滞，对中国的发展起了阻碍作用。我对这样深奥的问题没有研究过，没有发言权，但是我觉得它是伟大的。

　　一个美国的航天飞机的飞行员（忘其名）说过：在月球能看见地球上的中国的万里长城，那么长城是了不起的。

一九九四年四月二十一日

像古人那样诗意地生活

看

画

上初中的时候，每天放学回家，一路上只要有可以看看的画，我都要走过去看看。

中市口街东有一个画画的，叫张长之，年纪不大，才二十多岁，是个小胖子。小胖子很聪明。他没有学过画，他画画是看会的。画册、画报、裱画店里挂着的画，他看了一会就能默记在心。背临出来，大致不差。他的画不中不西，用色很鲜明，所以有人愿意买。他什么都画。人物、花卉、翎毛、草虫都画。只是不画山水。他不只是临摹，有时也"创作"。有一次他画了一个斗方，画一棵芭蕉，一只五彩大公鸡，挂在他的画室里（他的画室是敞开的）。这张画只能自己画着玩玩，买是不会有人买的。

他擅长的画体叫作"断简残篇"。一条旧碑帖的拓片（多

半是汉隶或魏碑）、半张烧糊一角的宋版书的残页、一个裂了缝的扇面、一方端匋斋的印谱……七拼八凑，构成一个画面。画法近似"颖拓"，但是颖拓一般不画这种破破烂烂的东西。他画得很逼真，乍看像是剪贴在纸上的。这种画好像很"雅"，而且这种画只有他画，所以有人买。

这个家伙写信不贴邮票，信封上的邮票是他自己画的。

有一阵子，他每天骑了一匹大马在城里兜一圈，郭答郭答，神气得很。这马是一个营长的。城里只要驻兵，他很快就和军官混得很熟。

1947 年，我在上海先施公司二楼卖字画的陈列室看到四条"断简残篇"，一看署名，正是"张长之"！这家伙混得能到上海来卖画，真不简单。

北门里街东有一个专门画像的画工，此人名叫管又萍。

走进他的画室，左边墙上挂着一幅非常醒目的朱元璋八分脸的半身画，高四尺，装在镜框里。朱洪武紫棠色脸，额头、颧骨、下巴，都很突出。这种面相，叫作"五岳朝天"。双眼奕奕，威风内敛，很像一个开国之君。朱皇帝头戴纱帽，着圆领团花织金大红龙袍。这张画不但皮肤、皱纹、眼神画得很"真"，纱帽、织金团龙，都画得极其工致。这张画大概是画工平生得意之作，他在画的一角用掺揉篆隶笔意的草书写了自己的名字：管又萍。若干年后，我才体会到管又萍的署名后面所挹注的画工的辛酸。画像的画工是从来不署名的。

若干年后，我才认识到管又萍是一个优秀的肖像画家，并认识到中国的肖像画有一套自成体系的肖像画理论和技法。

我的二伯父和我的生母的像都是管又萍画的。二伯父端坐在椅子上，穿着却是明朝的服装，头戴方巾，身着湖蓝色的斜领道袍。这可能是尊重二伯父的遗志，他是反清的。我没有见过二伯父，但是据说是画得很像的。我母亲去世时我才三岁，记不得她的样子，但我相信也是画得很像的，因为画得像我的姐姐，家里人说我姐姐长得很像我母亲。画工画像并不参照照片，是死人断气后，在床前直接勾描的。

然后还得起一个初稿。初稿只画出颜面，画在熟宣纸上，

上面蒙了一张单宣，剪出一个椭圆形的洞，像主的面形从椭圆形的洞里露出。要请亲人家属来审查，提意见，胖了，瘦了，颧骨太高，眉毛离得远了……管又萍按照这些意见，修改之后，再请亲属看过，如无意见，即可定稿。然后再画衣服。

画像是要讲价的，讲的不是工钱，而是用多少朱砂，多少石绿，贴多少金箔。

为了给我的二伯母画像，管又萍到我家里和我的父亲谈了几次，所以我知道这些手续。

管又萍的"生意"是很好的，因为他画人很像，全县第一。

这是一个谦恭谨慎的人，说话小声，走路低头。

出北门，有一家卖画的。因为要下一个坡，而且这家的门总是关着，我没有进去看过。这家的特点是每年端午节前在门前柳树上拉两根绳子，挂出几十张钟馗。饮酒、醉眠、簪花、骑驴、仗剑叱鬼、从鸡笼里掏鸡、往胆瓶里插菖蒲、嫁妹、坐着山轿出巡……大概这家藏有不少钟馗的画稿，每年只要照描一遍。钟馗在中国人物画里是个很有人性，很有幽默感的可爱的形象。我觉得美术出版社可以把历代画家画的钟馗收集起来出一本《钟馗画谱》，这将是一本非常有趣的画册。这不仅有美术意义，对了解中国文化也是很有意义的。

新巷口有一家"画匠店"，这是画画的作坊。所生产的主要是"家神菩萨"。家神菩萨是几个本不相干的家族的混合集体。最上一层是南海观音和善财龙女。当中是关云长和关平、周仓。下面是财神。他们画画是流水作业，"开脸"的是一个人，画衣纹的是另一个人，最后加彩贴金的又是一个人。开脸的是老画匠，做下手活的是小徒弟。画匠店七八个人同时做活，却听不到声音，原来学画匠的大都是哑巴。这不是什么艺术作品，但是也还值得看看。他们画得很熟练，不会有败笔。有些画法也使我得到启发。比如他们画衣纹是先用淡墨勾线，然后在必要的地方用较深的墨加几道，这样就有立体感，不是平面的，我在画匠店里常常能站着看一个小时。

这家画匠店还画"玻璃油画"。在玻璃的反面用油漆画福禄寿或老寿星。这种画是反过来画的，作画程序和正面画完全不同。比如画脸，是先画眉眼五官，后涂肉色；衣服先画图案，后涂底子。这种玻璃油画是作插屏用的。

我们县里有几家裱画店，我每一家都要走进去看看。但所裱的画很少好的。人家有古一点的好画都送到苏州去裱。

本地裱工不行，只有一次在北市口的裱画店里看到一幅王匋民写的八尺长的对子，给我留下深刻的印象。我认为王匋民是我们县的第一画家。他的字也很有特点，我到现在还说不准他的字的来源，有章草，又有王铎、倪瓒。他用侧锋写那样大的草书对联，这种风格我还没有见过。

一九九三年六月一日

书画自娱

《中国作家》将在封二发作家的画，拿去我的一幅，还要写几句有关"作家画"的话，写了几句诗：

我有一好处，平生不整人。写作颇勤快，人间送小温。或时有佳兴，伸纸画芳春。草花随目见，鱼鸟略似真。唯求俗可耐，宁计故为新。只可自怡悦，不堪持赠君。君若亦欢喜，携归尽一樽。

诗很浅显，不须注释，但可申说两句。给人间送一点小小的温暖，这大概可以说是我的写作的态度。我的画画，更是遣兴而已，我很欣赏宋人诗："四时佳兴与人同"。人活着，就得有点兴致。我不会下棋，不爱打扑克、打麻将，偶尔喝

了两杯酒，一时兴起，便裁出一张宣纸，随意画两笔。所画多是"芳春"——对生活的喜悦。我是画花鸟的。所画的花都是平常的花。北京人把这样的花叫"草花"。我是不种花的，只能画我在街头、陌上、公园里看得很熟的花。我没有

画过素描，也没有临摹过多少徐青藤、陈白阳，只是"以意为之"。我很欣赏齐白石的话："太似则媚俗，不似则欺世"。我画鸟，我的女儿称之为"长嘴大眼鸟"。我画得不大像，不是有意求其"不似"，实因功夫不到，不能似耳。但我还是希望能"似"的。当代"文人画"多有烟云满纸，力求怪诞者，我不禁要想起齐白石的话，这是不是"欺世"？"说了归齐"（这是北京话），我的画画，自娱而已。"只可自怡悦，不堪持赠君"，是照搬了陶弘景的原句。我近曾到永嘉去了一次，游了陶公洞，觉得陶弘景是个很有意思的人，他是道教的重要人物，其思想的基础是老庄，接受了神仙道教影响，又吸取

佛教思想，他又是个药物学家，且擅长书法，他留下的诗不多，最著名的是《诏问山中何所有》：

山中何所有？岭上多白云。只可自怡悦，不堪持赠君。

一个人一辈子留下这四句诗，也就可以不朽了。我的画，也只是白云一片而已。

一九九二年一月八日

写

字

　　写字总是从临帖开始。我比较认真地临过一个时期的帖，是在十多岁的时候，大概是小学五年级、六年级和初中一年级的暑假。我们那里，那样大的孩子"过暑假"的一个主要内容便是读古文和写字。一个暑假，我从祖父读《论语》，每天上午写大、小字各一张，大字写《圭峰碑》，小字写《闲邪公家传》，都是祖父给我选定的。祖父认为我写字用功，奖给了我一块猪肝紫的端砚和十几本旧拓的字帖：我印象最深的是一本褚河南的《圣教序》。这些字帖是一个败落的世家夏家卖出来的。夏家藏帖很多，我的祖父几乎全部买了下来。一个暑假，从一个姓韦的先生学桐城派古文、写字。韦先生是写魏碑的，他让我临的却是《多宝塔》。一个暑假读《古文观止》、唐诗，写《张猛龙》。这是我父亲的主意。他认为得写写魏碑，才能掌握好字的骨力和间架。我写《张猛龙》，用的是一种稻草做的纸——不是解大便用的草纸，很大，有半张报纸那样大，质地较草纸紧密，但是表面相当粗。这种纸市面上看不到卖，不知道父亲是从什么地方买来的。用这种粗纸写魏碑是很合适的，运笔需格外用力。其实不管写什么体的字，都不宜用过于平滑的纸。古人写字多用麻纸，是不平滑的。像澄心堂纸那样细腻的，是不多见的。这三部帖，给我的字打了底子，尤其是《张猛龙》。到现在，从我的字里还可以看出它的影响，结体和用笔。

临帖是很舒服的，可以使人得到平静。初中以后，我就很少有整桩的时间临帖了。读高中时，偶尔临一两张，一曝十寒。二十岁以后，读了大学，极少临帖。曾在昆明一家茶叶店看到一副对联："静对古碑临黑女，闲吟绝句比红儿"。这副对联的作者真是一个会享福的人。《张黑女》的字我很喜欢，但是没有临过，倒是借得过一本，反反复复，"读"了好多遍。《张黑女》北书而有南意，我以为是从魏碑到"二王"之间的过渡。这种字体很难把握，五十年来，我还没有见过一个书家写《张黑女》而能得其仿佛的。

写字，除了临帖，还需"读帖"。包世臣以为读帖当读真迹，石刻总是形似，失去原书精神，看不出笔意，固也。试

读《三希堂法帖·快雪时晴》，再到故宫看看原件，两者比较，相去真不可以道里计。看真迹，可以看出纸、墨、笔之间的关系。尤其是"运墨""纸墨相得"，是从拓本上感觉不出来的。但是真迹难得看到，像《快雪时晴》《奉橘帖》那样稀世国宝，故宫平常也不拿出来展览。隔着一层玻璃，也不便揣摩谛视。求其次，则可看看珂罗版影印的原迹。多细的珂罗版也是有网纹的，印出来的字多浅淡发灰，不如原书的沉着入纸。但是毕竟慰情聊胜无，比石刻拓本要强得多。读影印的《祭侄文》，才知道颜真卿的字是从"二王"来的，流畅潇洒，并不都像《麻姑仙坛》那样见棱见角的"方笔"；看《兴福寺碑》，觉赵子昂的用笔也是很硬的，不像坊刻应

酬尺牍那样柔媚。再其次，便只好看看石刻拓本了。不过最好要旧拓。从前旧拓字帖并不很贵，逛琉璃厂，挟两本旧帖

回来，不是难事。现在可不得了了！前十年，我到一家专卖碑帖的铺子里，见有一部《淳化阁帖》，我请售货员拿下来看看，售货员站着不动，只说了个价钱。他的意思我明白：你买得起吗？我只好向他道歉："那就不麻烦你了！"现在比较容易得到的丛帖是北京日报出版社影印的《三希堂法帖》。乾隆本的《三希堂法帖》是浓墨乌金拓。我是不喜欢乌金拓的，太黑，且发亮。北京日报出版社用重磅铜版纸印，更显得油墨堆浮纸面，很"暴"。而且分装四大厚册，很重，展玩极其不便。不过能有一套《三希堂法帖》已属幸事，还有什么话可说呢？

《三希堂法帖》收宋以后的字很多。对于中国书法的发展，一向有两种对立的意见。一种以为中国的书法，一坏于颜真卿，二坏于宋四家。一种以为宋人书是一个重要的突破。宋人宗法"二王"，而不为"二王"所囿，用笔洒脱，显出各自的个性和风格。有人一辈子写晋人书体，及读宋人帖，方悟用笔。我觉两种意见都有道理。但是，"二王"书如清炖鸡汤，宋人书如棒棒鸡。清炖鸡汤是真味，但是吃惯了麻辣的用味，便觉得什么菜都不过瘾。一个人多"读"宋人字，便会终身摆脱不开，明知趣味不高，也没有办法。话又说回来，现在书家中标榜写"二王"的，有几个能不越雷池一步的？

即便是沈尹默，他的字也明显地看出有米字的影响。

"宋四家"指苏（东坡）、黄（山谷）、米（芾）、蔡。"蔡"本指蔡京，但因蔡京人品不好，遂以蔡襄当之。早就有人提出这个排列次序不公平。就书法成就说，应是蔡、米、苏、黄。我同意，我认为宋人书法，当以蔡京为第一。北京日报出版社《三希堂法帖与书法家小传》（卷二），称蔡京"字势豪健，痛快沉着，严而不拘，逸而不外规矩。比其从兄蔡襄书法，飘逸过之，一时各书家，无出其左右者""……但因人品差，书名不为世人所重"。我以为这评价是公允的。

这里就提出一个多年来缠夹不清的问题：人品和书品的关系。一种很有势力的意见以为，字品即人品，字的风格是人格的体现。为人刚毅正直，其书乃能挺拔有力。典型的代表人物是颜真卿。这不能说是没有道理，但是未免简单化。有些书法家，人品不能算好，但你不能说他的字写得不好，如蔡京，如赵子昂，如董其昌，这该怎么解释？历来就有人贬低他们的书法成就。看来，用道德标准、政治标准代替艺术标准，是古已有之的。看来，中国的书法美学，书法艺术心理学，得用一个新的观点，新的方法来重新开始研究。简单从事，是有害的。

蔡京字的好处是放得开，《与节夫书帖》《与宫使书帖》

可以为证。写字放得开并不容易。书家往往于酒后写字，就是因为酒后精神松弛，没有负担，较易放得开。相传王羲之的《兰亭序》是醉后所写。苏东坡说要"酒气拂拂从指间出"，才能写好字，东坡《答钱穆父诗》书后自题是"醉书"。万金跋此帖后云：

> 右军兰亭，醉时书也。东坡答钱穆父诗，其后亦题曰醉书，较之常所见帖大相远矣。岂醉者神全，故挥洒纵横，不用意于布置，而得天成之妙欤？不然则兰亭之传何其独盛也如此。

说得是有道理的。接连写几张字，第一张大都不好，矜持拘谨。大概第三四张较好，因为笔放开了。写得太多了，也不好，容易"野"。写一上午字，有一条满意的，就很不错了。有时一张都不好，也很别扭。那就收起笔砚，出去遛个弯儿去。写字本是遣兴，何必自寻烦恼。

一九九〇年七月十二日

『无事此静坐』

　　我的外祖父治家整饬，他家的房屋都收拾得很清爽，窗明几净。他有几间空房，檐外有几棵梧桐，室内木榻、漆桌、藤椅。这是他待客的地方。但是他的客人很少，难得有人来。这几间房子是朝北的，夏天很凉快。南墙挂着一条横幅，写着五个正楷大字：

　　"无事此静坐"。

　　我很欣赏这五个字的意思。稍大后，知道这是苏东坡的诗，下面的一句是：

　　"一日当两日"。

　　事实上，外祖父也很少到这里来。倒是我常常拿了一本闲书，悄悄走进去，坐下来一看半天。看起来，我小小年纪，就已经有了一点隐逸之气了。

　　静，是一种气质，也是一种修养。诸葛亮云："非淡泊无以明志，非宁静无以致远。"心浮气躁，是成不了大气候的。静是要经过锻炼的，古人叫作"习静"。唐人诗云："山中习静朝观槿，松下清斋折露葵。""习静"可能是道家的一种功夫，习于安静确实是生活于扰攘的尘世中人所不易做到的。静，不是一味地孤寂，不闻世事。我很欣赏宋儒的诗："万物静观皆自得，四时佳兴与人同。"唯静，才能观照万物，对于人间生活充满盎然的兴致。静是顺乎自然，也是合乎人道的。

　　世界是喧闹的。我们现在无法逃到深山里去，唯一的办法是闹中取静。毛主席年轻时曾采取了几种锻炼自己的方法，一种是"闹市读书"。把自己的注意力高度集中起来，不受外界干扰，我想这是可以做到的。

　　这是一种习惯，也是环境造成的。我下放张家口沙岭子

农业科学研究所劳动，和三十几个农业工人同住一屋。他们吵吵闹闹，打着马锣唱山西梆子，我能做到心如止水，照样看书、写文章。我有两篇小说，就是在震耳的马锣声中写成的。这种功夫，多年不用，已经退步了，我现在写东西总还是希望有个比较安静的环境，但也不必一定要到海边或山边的别墅中才能构思。

　　大概有十多年了，我养成了静坐的习惯。我家有一对旧沙发，有几十年了。我每天早上泡一杯茶，点一支烟，坐在沙发里，坐一个多小时。虽是块然独坐，然而浮想联翩。一些故人往事，一些声音、一些颜色、一些语言、一些细节，会逐渐在我的眼前清晰起来，生动起来。这样连续坐几个早晨，想得成熟了，就能落笔写出一点东西。我的一些小说散文，常得之于清晨静坐之中。曾见齐白石一小幅画，画的是淡蓝色的野藤花，有很多小蜜蜂，有颇长的题记，说这是他家山的野藤，花时游蜂无数，他有个孙子曾被蜂螫，现在这个孙子也能画这种藤花了，最后两句我一直记得很清楚："静思往事，如在目底"。这段题记是用金冬心体写的，字画皆极娟好。"静思往事，如在目底"，我觉得这是最好的创作心理状态。就是下笔的时候，也最好心里很平静，如白石老人题画所说："心闲气静时一挥"。

　　我是个比较恬淡平和的人，但有时也不免浮躁，最近就有点如我家乡话所说"心里长草"。我希望政通人和，使大家能安安静静坐下来，想一点事，读一点书，写一点文章。

　　　　　　　　　　　　　　　　一九八九年八月十六日

谈读杂书

　　我读书很杂，毫无系统，也没有目的。随手抓起一本书来就看。觉得没意思，就丢开。我看杂书所用的时间比看文学作品和评论的要多得多。常看的是有关节令风物民俗的，如《荆楚岁时记》《东京梦华录》。其次是方志、游记，如《岭表录异》《岭外代答》。讲草木虫鱼的书我也爱看，如法布尔的《昆虫记》，吴其濬的《植物名实图考》，《花镜》。讲正经学问的书，只要写得通达而不迂腐的也很好看，如《癸巳类稿》。《十驾斋养新录》差一点，其中一部分也挺好玩。我也爱读书论、画论。有些书无法归类，如《宋提刑洗冤录》，这是讲验尸的。有些书本身内容就很庞杂，如《梦溪笔谈》《容斋随笔》之类的书，只好笼统地称之为笔记了。

　　读杂书至少有以下几种好处：第一，这是很好的休息。

泡一杯茶懒懒地靠在沙发里，看杂书一册，这比打扑克要舒服得多。第二，可以增长知识，认识世界。我从法布尔的书里知道知了原来是个聋子，从吴其濬的书里知道古诗里的葵就是湖南、四川人现在还吃的冬苋菜，实在非常高兴。第三，可以学习语言。杂书的文字都写得比较随便，比较自然，不是正襟危坐，刻意为文，但自有情致，而且接近口语。一个现代作家从古人学语言，与其苦读《昭明文选》、"唐宋八家"，不如参看杂书。这样较易融入自己的笔下。这是我的一点经验之谈。青年作家，不妨试试。第四，从杂书里可以悟出一些写小说，写散文的道理，尤其是书论和画论。包世臣《艺舟双楫》云："吴兴书笔，专用平顺，一点一画，一字一行，排次顶接而成。古帖字体，大小颇有相径庭者，如老翁携幼孙行，长短参差，而情意真挚，痛痒相关。吴兴书如士人人隘巷，鱼贯徐行，而争先竞后之色，人人见面，安能使上下左右空白有字哉！"他讲的是写字，写小说、散文不也正当如此吗？小说、散文的各部分，应该"情意真挚，痛痒相关"，这样才能做到"形散而神不散"。

读杂书的收获很多，我就以自己的感想谈这么一点。

一九八六年六月九日北京

寻常茶话

　　我对茶实在是个外行。茶是喝的，而且喝得很勤，一天换三次叶子。每天起来第一件事，便是坐水，沏茶。但是毫不讲究。对茶叶不挑剔。青茶、绿茶、花茶、红茶、沱茶、乌龙茶，但有便喝。茶叶多是别人送的，喝完了一筒，再开一筒。喝完了碧螺春，第二天就可以喝蟹爪水仙。但是不论什么茶，总得是好一点的。太次的茶叶，便只好留着煮茶叶蛋。《北京人》里的江泰认为喝茶只是"止渴生津利小便"，我以为还有一种功能，是：提神。《陶庵梦忆》记闵老子茶，说得神乎其神。我则有点像董日铸，以为"浓、热、满三字尽茶理"。我不喜欢喝太烫的茶，沏茶也不爱满杯。我的家乡论为客人斟茶斟酒："酒要满，茶要浅"，茶斟得太满是对客人不敬，甚至是骂人。于是就只剩下一个字：浓。我喝茶是喝得很酽的。曾在机关开会，有女同志尝了我的一口茶，说是"跟药一样"。

我读小学五年级那年暑假，我的祖父不知怎么忽然高了兴，要教我读书。"穿堂"的右侧有两间空屋。里间是佛堂，挂了一幅丁云鹏画的佛像，佛的袈裟是朱红的。佛像下，是一尊乌斯藏铜佛。我的祖母每天早晚来烧一炷香。外间本是个贮藏室，房梁上挂着干菜，干的粽叶，靠墙有一坛"臭卤"，面筋、百叶、笋头、苋菜秸都放在里面臭。临窗设一方桌，便是我的书桌。祖父每天早晨来讲《论语》一章，剩下的时间由我自己写大小字各一张。大字写《圭峰碑》，小字写《闲邪公家传》，都是祖父从他的藏帖里拿来给我的。隔日作文一篇，还不是正式的八股，是一种叫作"义"的文体，只是解释《论语》的内容。题目是祖父出的。我共做了多少篇"义"，已经不记得了。只记得有一题是"孟子反不伐义"。

祖父生活俭省，喝茶却颇考究。他是喝龙井的，泡在一个深栗色的扁肚子的宜兴砂壶里，用一个细瓷小杯倒出来喝。他喝茶喝得很酽，一次要放多半壶茶叶。喝得很慢，喝一口，还得回味一下。

他看看我的字、我的"义"；有时会另拿一个杯子，让我

喝一杯他的茶。真香。从此我知道龙井好喝，我的喝茶浓酽，跟小时候的熏陶也有点关系。

后来我到了外面，有时喝到龙井茶，会想起我的祖父，想起孟子反。

我的家乡有"喝早茶"的习惯，或者叫作"上茶馆"。上茶馆其实是吃点心，包子、蒸饺、烧麦、千层糕……茶自然是要喝的。在点心未端来之前，先上一碗干丝。我们那里原先没有煮干丝，只有烫干丝。干丝在一个敞口的碗里堆成塔状，临吃，堂倌把装在一个茶杯里的作料——酱油、醋、麻油浇入。喝热茶、吃干丝，一绝！

抗日战争时期，我在昆明住了七年，几乎天天泡茶馆。"泡茶馆"是西南联大学生特有的说法。本地人叫作"坐茶馆"，"坐"，本有消磨时间的意思，"泡"则更胜一筹。这是从北京带过去的一个字，"泡"者，长时间地沉溺其中也，与"穷泡""泡蘑菇"的"泡"是同一语源。联大学生在茶馆里往往一泡就是半天。干什么的都有。聊天、看书、写文章。有一位教授在茶馆里读梵文。有一位研究生，可称泡茶馆的冠军。此人姓陆，是一怪人。他曾经徒步旅行了半个中国，读书甚多，而无所著述，不爱说话。他简直是"长"在茶馆里。上午、下午、晚上，要一杯茶，独自坐着看书。他连漱洗用具都放在一家茶馆里，一起来就到茶馆里洗脸刷牙。听说他后来流落在四川，穷困潦倒而死，悲夫！

昆明茶馆里卖的都是青茶，茶叶不分等次，泡在盖碗里。文林街后来开了一家"摩登"茶馆，用玻璃杯卖绿茶、红茶——滇红、滇绿。滇绿色如生青豆，滇红色似"中国红"葡萄酒，茶味都很厚。滇红尤其经泡，三开之后，还有茶色。我觉得滇红比祁（门）红、英（德）红都好，这也许是我的偏见。当然比斯里兰卡的"利普顿"要差一些——有人喝不来"利普顿"，说是味道很怪。人之好恶，不能勉强。

我在昆明喝过烤茶。把茶叶放在粗陶的烤茶罐里，放在炭火上烤得半焦，倾入滚水，茶香扑人。几年前在大理街头看到有烤茶罐卖，犹豫一下，没有买。买了，放在煤气灶上烤，也不会有那样的味道。

1946 年冬，开明书店在绿杨邨请客。饭后，我们到巴金先生家喝功夫茶。几个人围着浅黄色的老式圆桌，看陈蕴珍（萧珊）"表演"：濯器、炽炭、注水、淋壶、筛茶。每人喝了三小杯。我第一次喝功夫茶，印象深刻。这茶太酽了，只能喝三小杯。在座的除巴先生夫妇，有靳以、黄裳。一转眼，43 年了。靳以、萧珊都不在了。巴老衰病，大概没有喝一次功夫茶的兴致了。那套紫砂茶具大概也不在了。

我在杭州喝过一杯好茶。

1947年春，我和几个在一个中学教书的同事到杭州去玩。除了"西湖景"，使我难忘的有两样方物，一是醋鱼带把。

所谓"带把"，是把活草鱼的脊肉剔下来，快刀切为薄片，其薄如纸，浇上好秋油，生吃。鱼肉发甜，鲜脆无比。我想这就是中国古代的"切脍"。一是在虎跑喝的一杯龙井。真正的狮峰龙井雨前新芽，每蕾皆一旗一枪，泡在玻璃杯里，茶叶皆直立不倒，载浮载沉，茶色颇淡，但入口香浓，直透脏腑，真是好茶！只是太贵了。一杯茶，一块大洋，比吃一顿饭还贵。狮峰茶名不虚传，但不得虎跑水不可能有这样的味道。我自此方知道，喝茶，水是至关重要的。

我喝过的好水有昆明的黑龙潭泉水。骑马到黑龙潭，疾驰之后，下马到茶馆里喝一杯泉水泡的茶，真是过瘾。泉就在茶馆檐外地面，一个正方的小池子，看得见泉水咕嘟咕嘟往上冒。井冈山的水也很好，水清而滑。有的水是"滑"的，"温泉水滑洗凝脂"并非虚语。井冈山水洗被单，越洗越白；以泡"狗古脑"茶，色味俱发，不知道水里含了什么物质。天下第一泉、第二泉的水，我没有喝出什么道理。济南号称泉城，但泉水只能供观赏，以泡茶，不觉得有什么特点。

有些地方的水真不好。比如盐城。盐城真是"盐城"，水是咸的。中产以上人家都吃"天落水"。下雨天，在天井上方张了布幕，以接雨水，存在缸里，备烹茶用。最不好吃的水是菏泽，菏泽牡丹甲天下，因为菏泽土中含碱，牡丹喜碱性土。我们到菏泽看牡丹，牡丹极好，但茶没法喝。不论是青茶、绿茶，沏出来一会儿就变成红茶了，颜色深如酱油，入口咸涩。由菏泽往梁山，住进招待所后，第一件事便是赶紧用不带碱味的甜水沏一杯茶。

老北京早起都要喝茶，得把茶喝"通"了，这一天才舒服。无论贫富，皆如此。1948年我在午门历史博物馆工作。馆里有几位看守员，岁数都很大了。他们上班后，都是先把带来的窝头片在炉盘上烤上，然后轮流用水氽坐水沏茶。茶喝足了，才到午门城楼的展览室里去坐着。他们喝的都是花茶。

北京人爱喝花茶，以为只有花茶才算是茶（北京很多人把茉莉花叫作"茶叶花"）。我不太喜欢花茶，但好的花茶例外，比如老舍先生家的花茶。

老舍先生一天离不开茶。他到莫斯科开会，苏联人知道中国人爱喝茶，倒是特意给他预备了一个热水壶。可是，他刚沏了一杯茶，还没喝几口，一转脸，服务员就给倒了。老舍先生很愤慨地说："他不知道中国人喝茶是一天喝到晚的！"一天喝茶喝到晚，也许只有中国人如此。外国人喝茶都是论"顿"的，难怪那位服务员看到多半杯茶放在那里，以为老先生已经喝完了，不要了。

龚定庵以为碧螺春天下第一。我曾在苏州东山的"雕花楼"喝过一次新采的碧螺春。"雕花楼"原是一个华侨富商的住宅，楼是进口的硬木造的，到处都雕了花，八仙庆寿、福禄寿三星、龙、凤、牡丹……真是集恶俗之大成。但碧螺春真是好。不过茶是泡在大碗里的，我觉得这有点煞风景。后来问陆文夫，文夫说碧螺春就是讲究用大碗喝的。茶极细，器极粗，亦怪！

我还在湖南桃源喝过一次擂茶。茶叶、老姜、芝麻、米、加盐放在一个擂钵里，用硬木的擂棒"擂"成细末，用开水冲开，便是擂茶。

茶可入馔，制为食品。杭州有龙井虾仁，想不恶。裴盛戎曾用龙井茶包饺子，可谓别出心裁。日本有茶粥。《俳人的食物》说俳人小聚，食物极简单，但"唯茶粥一品，万不可少"。茶粥是啥样的呢？我曾用粗茶叶煎汁，加大米熬粥，自以为这便是"茶粥"了。有一阵子，我每天早起喝我所发明的茶粥，自以为很好喝。四川的樟茶鸭子乃以柏树枝、樟树叶及茶叶为熏料，吃起来有茶香而无茶味。曾吃过一块龙井茶心的巧克力，这简直是恶作剧！用上海人的话说：巧克力与龙井茶实在完全"弗搭界"。

一九八九年九月十六日

礼拜天早晨（节选）

洗澡实在是很舒服的事。是最舒服的事。有甚么享受比它更完满，更丰盛，更精致的？——没有。酒，水果，运动，谈话，打猎，——打猎不知道怎么样，我没有打过猎……没有。没有比"浴"这个更美的字了。多好啊，这么懒洋洋地躺着，把身体交给了水，又厚又温柔，一朵星云浮在火气里。——我甚么时候来的？我已经躺了多少时候？——今天是礼拜天！我们整天匆匆忙忙的干甚么呢？有甚么了不得的事情非做不可呢？——记住送衣服去洗！再不洗不行了，这是最后一件衬衫。今天邮局关得早，我得去寄信。现在——表在口袋里，一定还不到八点吧。邮局四点才关。可是时间不知道怎么就过去了。"吃饭的时候"……"洗脸的时候"……从哪里过去了？——不，今天是礼拜天。礼拜天，杨柳，鸽子，教堂的钟声，教堂的钟声一点也不感动我，我很麻木，没有办法！——今天早晨我看见一颗凤仙花。我还是甚么时候看见凤仙花的？凤仙花感动我。早安，凤仙花！澡盆里抽烟总不大方便。烟顶容易沾水，碰一碰就潮了。最严重的失望！把一个人的烟卷浇上水是最残忍的事。很好，我的烟都很好。齐臻臻地排在盒子里，挺直，饱满，有样子，嗒，嗒，嗒，抽出来一支，——舒服！……水是可怕的，不可抵抗，妖浊，我沉下去，散开来，融化了。阿——现在只有我的头还没有湿透，里头有许多空隙，可是与我的身体不相属，有点畸零，于是很重。我的身体呢？我的身体已经离得我很遥远了，渺茫了，一个渺茫的记忆，害过脑膜炎抽空了脊髓的痴人的，又固执又空洞。一个空壳子，枯索而生硬，没有汁水，只是一个概念了。我睡了，睡着了，垂着头，像马拉，来不及说一句话。

（……马拉的脸像青蛙。）

　　我的耳朵底子有点痒，阿呀痒，痒得我不由自主地一摇头。水摇在我的身体里顶秘奥的地方。是水，是——一只知了叫起来，在那棵大树上，（槐树，太阳映得叶子一半透明了，）在凤仙花上，在我的耳朵里叫起来。无限的一分钟过去了。今天是礼拜天。可怜虫亦可以休矣。都秋天了。邮局四点关门。我好像很高兴，很有精神，很新鲜。是的，虽然我似乎还不大真实。可是我得从水里走出来了。我走出来，走出来了。我的音乐呢？我的音乐还没有凝结。我不等了。

　　可是我站在我睡着的身上拧毛巾的时候我完全在另一个世界里了。我不知道今天怎么带上两条毛巾，我把两条毛巾裹在一起拧，毛巾很大。

　　你有过？……一定有过！我们都是那么大起来的，都曾经拧不动毛巾过，那该是几岁上？你的母亲呢？你母亲留给你一些甚么记忆？祝福你有好母亲。我没有，我很小就没有母亲。可是我觉得别人给我们洗脸举动都很粗暴。也许母亲不同，母亲的温柔不尽且无边。除了为了虚荣心，很少小孩子不怕洗脸的。不是怕洗脸，怕唤起遗忘的惨切经验，推翻了推翻过的对于人生的最初认识。无法推翻的呀，多么可悲的认识。每一个小孩子都是真正的厌世家。只有接受不断的现实之后他们才活得下来。我们打一开头就没有被当作一回事，于是我们只有坚强，而我们知道我们的武器是沉默。一边我们本着我们的人生观，我们恨着，一边尽让粗蠢的，野蛮的，没有教养的手在我们脸上蹂躏，把我们的鼻子搓来搓去，挖我们的鼻孔，掏我们的耳朵，在我们的皮肤上发泄他们一生的积怨，我们的颚骨在瓷盆边上不停地敲击，我们的脖子拼命伸出去，伸得酸得像一把咸菜，可是我们不说话。喔，祝福你们有好母亲，我没有，我从来不给给我洗脸的人一毫感激。我高兴我没有装假。是的，我是属于那种又柔弱又倔强的性情的。在胰子水辣着我的眼睛，剧烈的摩擦之后，皮肤紧张而兴奋的时候我有一种英雄式的复仇意识，准备甚么都咽在肚里，于是，末了，总有一天，手巾往脸盆里一掼："你自己洗！"

我不用说那种难堪的羞辱，那种完全被击得粉碎的情形你们一定能够懂得。我当时想甚么？——死。然而我不能死。人家不让我们死，我不哭。也许我做了几个没有意义的举动，动物性的举动，我猜我当时像一个临枪毙前的人。可是从破碎的动作中，从感觉到那种破碎，我渐渐知道我正在恢复；从颤抖中我知道我要稳定，从难堪中我站起来，我重新有我的人格，经过一度熬炼的。

可是我的毛巾在手里，我刚才想的甚么呢；我跑到夹层

里头去了，我只是有一点孤独，一点孤独的苦味甜蜜地泛上来，像土里沁出水分。也许因为是秋天。一点乡愁，就像那棵凤仙花。——可是洗一个脸是多么累人的事呀，你只要把洗脸盆搁得跟下巴一样高，就会记起那一个好像已经逝去的阶段了。手巾真大，手指头总是把不牢，使不上劲，挤来挤去，总不对，不是那么回事。这都不要紧。这是一个事实。事实没有要紧的。要紧的是你的不能胜任之感，你的自卑。你觉得你可怜极了。你不喜欢怜悯。——到末了，还是洗了一个半干不湿的脸，永远不痛快，不满足，窝窝囊囊。冷风来一拂，你脸上透进去一层忧愁。现在是九月，草上笼了一层红光了。手巾搭在架子上，一副悲哀的形相。水沿着毛巾边上的须须滴下来，嗒——嗒——嗒——地板上湿了一大块，渐渐地往里头沁，人生多么灰暗。

　　我看到那个老式的硬木洗脸桌子。形制安排得不大调和。经过这么些时候的折冲，究竟错误在哪一方面已经看不出来了，只是看上去未免僵窘。后面伸起来一个屏架，似乎本是配更大一号的桌子的。几根小圆柱子支住繁重的雕饰。松鼠葡萄。我永远忘不了松鼠的太尖的嘴，身上粗略的几笔象征的毛，一个厚重的尾巴。左边的一只。一个代表。每天早晨我都看他一次。葡萄总是十粒一串，排列是四，三，二，一。每粒一样大。我清清楚楚记得那张桌子的木质，那些纹理，只要远远地让我看到不拘那里一角我就知道。有时太阳从镂空的地方透过来，斜落在地板上，被来往的人体截断，在那个白地印蓝花的窗帘拉起来的时候。我记得那个厚瓷的肥皂缸，不上釉的牙口摩擦的声音；那些小抽屉上的铜页瓣，时常的的的自己敲出声音，地板有点松了；那个嵌在屏架上头的椭圆形大镜子，除了一块走了水银的灰红色云癍之外甚么都看不见。太高了，只照见天花板。——有时爬在凳子上，我们从里头看见这间屋子里的某部分的一个特写。我仿佛又在那个坚实，平板，充满了不必要的家具的大房间里了。我在里头住了好些年，一直到我搬到学校的宿舍里去寄宿。……有一张老式的"玻璃灯"挂在天花板上。周围垂下一圈坠子，非常之高贵的颜色。琥珀色的，玫瑰红的，天蓝的。透明的。——透明也是一种颜色。蓝色很深，总是最先看到。所以我有时说及那张灯只说"垂着蓝色的琦璃坠子"，而我不觉得少说了甚么。明澈，——虽然落上不少灰尘了，含蓄，不动。是的，从来没有一个时候现出一点不同的样子。有一天会被移走么？——喔，完全不可想象的事。就是这么永远的

寂然的结挂在那个老地方，深藏，固定，在我童年生活过来的朦胧的房屋之中。——从来没有点过。

……我想到那些木格窗子了，想到窗子外的青灰墙，墙上的漏痕，青苔气味，那些未经一点剧烈的伤残，完全天然的销蚀的青灰，露着非常的古厚和不可挽救的衰素之气。我想起下雨之前。想起游丝无力的飘转。想起……可是我一定得穿衣服了。我有点腻。——我喜欢我的这件衬衫。太阳照在我的手上，好干净。今天似乎一切都会不错的样子。礼拜天？我从心里欢呼出来。我不是很快乐么？是的，在我拧手巾的时候我就知道我很快乐。我想到邮局门前的又安静又热闹的空气，非常舒服的空气，生活——而抽一根烟的欲望立刻淹没了我，像潮水淹没了沙滩。我笑了。

三十七年^①九月，午门。

---

① 三十七年：1948 年。

让人着迷的人文景观

文游台

　　文游台是我们县首屈一指的名胜古迹。台在泰山庙后。

　　泰山庙前有河，曰澄河。河上有一道拱桥，桥很高，桥洞很大。走到桥上，上面是天，下面是水，觉得体重变得轻了，有凌空之感。拱桥之美，正在使人有凌空感。我们每年清明节后到东乡上坟都要从桥上过（乡俗，清明节前上新坟，节后上老坟）。这正是杂花生树，良苗怀新的时候，放眼望去，一切都使人心情舒畅。

　　澄河产瓜鱼，长四五寸，通体雪白，莹润如羊脂玉，无鳞，无刺，背部有细骨一条，烹制后骨亦酥软可吃。极鲜美。这种鱼别处其实也有，有的地方叫水仙鱼，北京偶亦有卖，叫面条鱼，但我的家乡人认定这种鱼只有我的家乡有，而且只有文游台前面澄河里有！家乡人爱家乡，只好由着他

说。不过别处的这种鱼不似澄河的产的味美，倒是真的，因为都经过冷藏转运，不新鲜了。为什么叫"瓜鱼"呢？据说是因黄瓜开花时鱼始出，到黄瓜落架时就再捕不到了，故又名"黄瓜鱼"。是不是这么回事，谁知道。

泰山庙亦名东岳庙，差不多每个县里都有的，其普遍的程度不下于城隍庙。所祀之神称为东岳大帝。泰山庙的香火是很盛的，因为好多人都以为东岳大帝是管人的生死的。每逢香期，初一十五，特别是东岳大帝的生日（中国的神佛都有一个生日，不知道是从什么档案里查出来的）来烧香的善男信女（主要是信女）络绎不绝。一进庙门就闻到一股触鼻的香气。从门楼到甬道，两旁排列的都是乞丐，大都伪装成瞎子、哑巴、烂腿的残废（烂腿是用蜡烛油画的），来烧香

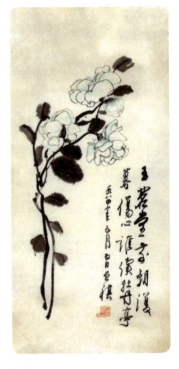

的总是要准备一两吊铜钱施舍给他们的。

正面是大殿，神龛里坐着大帝，油白脸，疏眉细目，五

144

绺长须，颇慈祥的样子。穿了一件簇新的大红蟒袍，手捧一把折扇。东岳大帝何许人也？据说是《封神榜》上的黄飞虎！

正殿两旁，是"七十二司"，即阴间的种种酷刑，上刀山、下油锅、锯人、磨人……这是对活人施加的精神威慑：你生前做坏事，死后就是这样！

我到泰山庙是去看戏。

正殿的对面有一座戏台。戏台很高，下面可以走人。这倒也好，看戏的不会往前头挤，因为太靠近，看不到台上的戏。

戏台与正殿之间是观众席。没有什么"席"，只是一片空场，看戏的大都是站着。也有自己从家里扛了长凳来坐着看的。

没有什么名角，也没有什么好戏。戏班子是"草台班子"，因为只在里下河一带转，亦称"下河班子"。唱的是京戏，但有些戏是徽调。不知道为什么，哪个班子都有一出《杨松下书》。这出戏剧情很平淡，我小时最不爱看这出戏。到了生意不好，没有什么观众的时候（这种戏班子，观众入场也还要收一点钱），就演《三本铁公鸡》，再不就演《九更天》《杀子报》。演《杀子报》是要加钱的，因为下河班子的

闻太师勾的是金脸。下河班子演戏是很随便的，没有准纲准词。只有一年，来了一人叫周素娟的女演员，是个正工青衣，在南方的科班时坐科学过戏，唱戏很规矩，能唱《武家坡》《汾河湾》这类的戏，甚至能唱《祭江》《祭塔》……我的家乡真懂京戏的人不多，但是在周素娟唱大段慢板的时候，台下也能鸦雀无声，听得很入神。周素娟混得到里下河来搭班，是"卖了胰子"落魄了。有一个班子有一个大花脸，嗓子很冲，姓颜，大家就叫他颜大花脸。有一回，我听他在戏台旁边的廊子上对着烧开水的"水锅"大声嚷嚷："打洗脸水！"我从他的声音里听出了一腔悲愤，满腹牢骚。我一直对颜大花脸的喊叫不能忘。江湖艺人，吃这碗开口饭，是充满辛酸的。

泰山庙正殿的后面，即属于文游台范围，沿砖路北行，路东有秦少游读书台。更北，地势渐高即文游台。台基是一个大土墩。墩之一侧为四贤祠。四贤名字，说法不一。这本是一个"淫祠"，是一位蒲圻"先生"把它改造了的。蒲圻先生姓胡，字尧元。明代张绖《谒文游台四贤祠》诗云："迩来风流久渐烬，文游名在无遗踪。虽有高台可游眺，异端丹碧徒穿窿。嘉禾不植稂莠盛，邦人奔走如狂朦。蒲圻先生独好古，一扫陋俗隆高风。长绳倒拽淫象出，易以四子衣冠容。"

这位蒲圻先生实在是多事，把"淫象"留下来让我们看看也好。我小时到文游台，不但看不到淫象，连"四子衣冠容"也没有，只有四个蓝地金字的牌位。墩之正面为盍簪堂。"盍簪"之名，比较生僻。出处在《易经》。《易·豫》："勿疑，朋盍簪。"王弼注："盍，合也；簪，疾也。"孔颖达疏："群朋合聚而疾来也。"如果用大白话说，就是"快来堂"。我觉得"快来堂"也挺不错。我们小时候对盍簪堂的兴趣比四贤祠大得多，因为堂的两壁刻着《秦邮帖》。小时候以为帖上的字是这些书法家在高邮写的。不是的。是把各家的书法杂凑起来的（帖都是杂凑起来的）。帖是清代嘉庆年间一个叫师亮采的地方官属钱梅溪刻的。钱泳《履园丛话》："二十年乙亥……是年秋八月为韩城师禹门太守刻《秦邮帖》四卷，皆取苏东坡、黄山谷、米元章、秦少游诸公书，而殿以松雪、华亭二家。"曾有人考证，帖中书颇多"赝鼎"，是假的，我们不管这些，对它还是很有感情。我们用薄纸蒙在帖上，用铅笔来回磨蹭，把这些字"拓"下来带回家。有时翻出来看看，觉得字都很美。

盍簪堂后是一座木结构的楼，是文游台的主体建筑。楼颇宏大，东西两面都是大窗户。我读小学时每年"春游"都要上文游台，趴在两边窗台上看半天。东边是农田，碧绿的

麦苗，油菜、蚕豆正在开花，很喜人。西边是人家，鳞次栉比，最西可看到运河堤上的杨柳，看到船帆在树头后面缓缓移动，缓缓移动的船帆叫我的心有点酸酸的，也甜甜的。

文游台的出名，是因为这是苏东坡、秦少游、王定国、孙莘老聚会的地方，他们在楼上饮酒、赋诗、倾谈、笑傲。实际上文游诸贤之中，最牵动高邮人心的是秦少游。苏东坡只是在高邮停留一个很短的时期。王定国不是高邮人。孙莘老不知道为什么给人一个很古板的印象，使人不大喜欢。文游台实际上是秦少游的台。

秦少游是高邮人的骄傲，高邮人对他有很深的感情，除了因为他是大才子，"国士无双"，词写得好，为人正派，关心人民生活（著过《蚕书》）……还因为他一生遭遇很不幸。他的官位不高，最高只做到"正字"，后半生一直在迁谪中度过。46岁"坐党籍"改馆阁校勘，出为杭州通判。这一年由于御史刘拯给他打了小报告，说他增损《实录》，贬监处州酒税。叫一个才子去管酒税，真是令人啼笑皆非。48岁因为有人揭发他写佛书，削秩徙郴州。50岁，迁横州。51岁迁雷州。几乎每年都要调动一次，而且越调越远。后来朝廷下了赦令，廷臣多内徙，少游启程北归，至藤州，出游光华亭，索水欲饮，水至，笑视之而卒，终年53岁。

迁谪生活，难以为怀，少游晚年诗词颇多伤心语，但他还是很旷达，很看得开的，能于颠沛中得到苦趣。明陶宗仪《说郛》卷八十二：

秦观南迁，行次郴道遇雨，有老仆滕贵者，久在少游家，随以南行，管押行李在后，泥泞不能进，少游留道旁人家以候，久之方盘跚策杖而至，视少游叹曰："学士，学士！他们取了富贵，做了好官，不枉了恁地，自家做甚来陪奉他们！波波地打闲官，方落得甚声名！"怒而不饭。少游再三勉之，曰："没奈何。"其人怒犹未已，曰："可知是没奈何！"少游后见邓博文言之，大笑，且谓邓曰："到京见诸公，不可不举似以发大笑也。"

我以为这是秦少游传记资料中写得最生动的一则。而且是可靠的。这样如闻其声的口语化的对白是伪造不来的。这也是白话文学史中很珍贵的资料，老仆、少游，都跃然纸上。我很希望中国的传记文学、历史题材的小说戏曲都能写成这样。然而可遇而不可求。现在的传记历史题材的小说，都空空廓廓，有事无人，而且注入许多"观点"，使人搔痒不着，

吞蝇欲吐。历史连续电视剧则大多数是胡说八道！

　　东坡闻少游凶信，叹曰："少游已矣，虽万人何赎"，呜呼哀哉。

一九九三年四月十九日

罗汉

　　家乡的几座大寺里都有罗汉。我的小学的隔壁是承天寺，就有一个罗汉堂。我们三天两头于放学之后去看罗汉。印象最深的是降龙罗汉，——他睁目凝视着云端里的一条小龙；伏虎罗汉，——罗汉和老虎都在闭目养神；和长眉罗汉。大概很多人都对这三尊罗汉印象较深。昆曲（时调）《思凡》有一段"数罗汉"，小尼姑唱道：

　　　　降龙的恼着我，
　　　　伏虎的恨着我，
　　　　那长眉大仙愁着我：
　　　　说我老来时，有什么结果！

她在众多的罗汉中单举出来的，也只是这三位。——她要是挨着个儿数下去，那得数多长时间！

罗汉原来是十六个，传贯休的画"十六应真"即是十六人，后来加上布袋和尚和一个什么什么尊者，——罗汉的名字都很难念，大概是古梵文音译，这就成了通常说的"十八罗汉"。李龙眠画"罗汉渡江"，就已经是十八人了。不知道从什么时候起这队伍扩大了，变成了五百罗汉。有些寺里在五百塑像前各竖了一个木牌，墨书某某某某尊者，也不知从哪里查考出来的。除了写牌子的老和尚，谁也弄不清此位是谁。有的寺里，比如杭州的灵隐竟把济公活佛也算在里头，这实在有点胡来了。

罗汉本是印度人，贯休的"十六应真"就多半是深目高鼻且长了大胡子，后来就逐渐汉化。许多罗汉都是个中国和尚。

罗汉大致有两种。一种是装金的，多半是木胎。"五百罗汉"都是装金的。杭州灵隐寺、苏州××寺（忘寺名）、汉阳归元寺，都是。装金罗汉以多为胜，但实在没有什么看头，都很呆板，都差不多，其差别只在或稍肥，或精瘦。谁也没有精力把五百个罗汉一个一个看完。看了，也记不得有什么特点。一种是彩塑。精彩的罗汉像都是彩塑。

　　我所见过的中国精彩的彩塑罗汉有这样几处：一是昆明筇竹寺。筇竹寺的罗汉与其说是现实主义的不如说是一

组浪漫主义的作品。它的设计很奇特。不是把罗汉一尊一尊放在高出地面的台子上，而是于两壁的半空支出很结实的木板，罗汉塑在板上。罗汉都塑得极精细，有一个罗汉赤足穿草鞋，草鞋上的一根一根的草茎都看得清清楚楚，跟真草鞋一样。但又不流于琐细，整堂（两壁）有一个通盘的、完整的构思。这是一个群体，不是各自为政。十八人或坐或卧，或支颐，或抱膝，或垂眉，或凝视，或欲语，或谛听，情绪交流，彼此感应，增一人则太多，减一人则太少，气足神完，自成首尾。另一处是苏

州紫金庵。像比常人小，身材比例稍长，面目清秀。这些罗汉好像都是苏州人。他们都在安静沉思，神情肃穆。如果说筇竹寺罗汉注意外部筋骨，颇有点流浪汉气；紫金庵的罗汉则富书生气，性格内向。再一处是泰山后山的宝善寺（寺名可能记得不准确）。这十八尊是立像，比常人高大，面形浑朴，是一些山东大汉，但塑造得很精美。为了防止参观的人用手扪触，用玻璃笼罩了起来了，但隔着玻璃，仍可清楚地看到肌肉的纹理，衣饰的刺绣针脚。前三年在苏州甪直看到几尊较古的罗汉。原来有三壁。东西两壁都塌圮了只剩下正面一壁。这一组罗汉构思很有特点，背景是悬崖，罗汉都分散地趺坐在岩头或洞穴里（彼此距离很远）。据说这是梁代的作品，正中高处坐着的戴风帽着赭黄袍子的便是梁武帝，不知可靠否，但从衣纹的简练和色调的单纯来看，显然时代是较早的。据传紫金庵罗汉是唐塑，宝善寺、筇竹寺的恐怕是宋以后的了。

罗汉的塑工多是高手，但都没有留下名字来，只有北京香山碧云寺的几尊，据说是刘銮塑的。刘銮是元朝人，现在北京西四牌楼东还有一条很小的胡同叫作"刘銮塑"，据说刘銮原来就住在这里，但是许多老北京都不知道有这样一条名字奇怪的胡同，更不知道刘銮是何许人了。像传于世，人不留名，亦可嗟叹。

中国的雕塑艺术主要是佛像，罗汉尤为杰出的代表。罗汉表现了较多的生活气息，较多的人性，不像三世佛那样超越了人性，只有佛性。我们看彩塑罗汉，不大感觉他们是上座佛教所理想的最高果位，只觉得他们是一些人，至少比较接近人，他们是介乎佛、菩萨和人之间的那么一种理想的化身，当然，他们也是会引起善男子、善女人顶礼皈依的虔敬感的。这是一宗非常重要的文化遗产，不论是从宗教史角度、美术史角度乃至工艺史角度、民俗学角度来看。我们对于罗汉的重视程度是很不够的。紫金庵、筇竹寺的罗汉曾有画报介绍过，但是零零碎碎，不成个样子。我希望能有人把几处著名的罗汉好好地照一照相，要全，不要遗漏，并且要从不同角度来拍，希望印一本厚厚的画册:《罗汉》；希望有专家能写一篇长文作序，当中还要就不同寺院的塑像，不同问题写一些分论；我希望能把这些罗汉制成幻灯片，供研究用，供雕塑系学生学习用，供一般文化爱好者欣赏用。

六月十三日

旅途杂记

半坡人的骨针

我这是第二次参观半坡，不像二十年前第一次参观时那样激动了。但我还是相当细致地看了一遍。房屋的遗址、防御野兽的深沟、烧制陶器的残窑、埋葬儿童的瓮棺……我在心里重复了二十年前的感慨——平平常常的、陈旧的感慨：我们的祖先就是这样生活下来的，他们生活得很艰难——也许他们也有快乐。人就是这样生活过来的。生活是悲壮的。

在文物陈列室里我看到石锛。我们的祖先就是用这种完全没有锋刃，几乎是浑圆的石锛劈开了大树。

我看到两根骨针。长短如现在常用的牙签，微扁，而极光滑。这两根针大概用过不少次，缝制过不少件衣裳——那种仅能蔽体的、粗劣的短褐。磨制这种骨针一定是很不容易的。针都有鼻。一根的针鼻是圆的；一根的略长，和现在用的针很相似。大概略长的针鼻更好使些。

针是怎样发明的呢？谁想出在针上刻出个针鼻来的呢？这个人真是一个大发明家，一个了不起的聪明人。

在招待所听几个青年谈论生活有没有意义，我想，半坡人是不会谈论这种问题的。

生活的意义在哪里？就在于磨制一根骨针，想出在骨针上刻个针鼻。

兵马俑的个性

头一个搞兵马俑的并不是秦始皇。在他以前，就有别的王者，制造过铜的或是瓦的一群武士，用来保卫自己的陵墓。不过规模都没有这样大。搞了整整一师人，都与真人等大，密匝匝地排成四个方阵，这样的事，只有完成了"六王毕，四海一"的大业的始皇帝才干得出来。兵马俑确实很壮观。

面对着这样一个瓦俑的大军，我简直不知道对秦始皇应该抱什么感情。是惊叹于他的气魄之大？还是对他的愚蠢的壮举加以嘲笑？

俑之上，原来据说是有建筑的，被项羽的兵烧掉了。很自然的，人们会慨叹："楚人一炬，可怜焦土"。

有人说始皇陵兵马俑是世界第八奇迹。

单个地看，兵马俑的艺术价值并不是很高。它的历史价值、文物价值，要比艺术价值高得多。当初造俑的人，原来就没有把它当作艺术作品，目的不在使人感动。造出后，就埋起来了，当时看到这些俑的人也不会多。最初的印象，这些俑，大都只有共性，即使是一个兵，没有很鲜明的个性。其实就是对于活着的士卒，从秦始皇到下面的百夫长，也不要求他们有什么个性，有他们的个人的思想、情绪。不但不要求，甚至是不允许的。他们只是兵，或者可供驱使来厮杀，或者被"坑"掉。另外，造一个师的俑，要来逐一地刻画其性格，使之互相区别，也很难。即或是把米盖朗琪罗请来，恐怕也难于措手。

我很怀疑这些俑的身体是用若干套模子扣出来的。他们几乎都是一般高矮。穿的服装虽有区别（大概是标明等级的），但多大同小异。大部分是短褐，披甲，着裤，下面是一色的方履。除了屈一膝跪着的射手外，全都直立着，两脚微微分开，和后来的"立正"不同。大概那时还没有发明立正。如果这些俑都是绷直地维持立正的姿势，他们会累得多。

但是他们的头部好像不是用模子扣出来的。这些脑袋是"活"的，是烧出来后安上去的。当初发掘时，很多俑已经身首异处；现在仍然可以很方便地从颈腔里取下头来。乍一看，这些脑袋都大体相似，脸以长圆形的居多，都梳着偏髻，年龄率为二十多岁，两眼平视，并不木然，但也完全说不上是英武，大都是平静的，甚至是平淡的，看不出有什么痛苦或哀愁——自然也说不上高兴。总而言之，除了服装，这些人的脸上寻不出兵的特征，像一些普通老百姓，"黔首"，农民。

但是细看一下，就可以发现他们并不完全一样。

有一个长了络腮胡子的，方方的下颏，阔阔的嘴微闭着，双目沉静而仁慈，看来是个老于行伍的下级军官。他大概很会带兵，而且善于驭下，宽严得中。

有一个胖子，他的脑袋和身体都是圆滚滚的（他的身体也许是特制的，不是用模子扣出来的），脸上浮着憨厚而有点狡猾的微笑。他的胃口和脾气一定都很好，而且随时会说出一些稍带粗野的笑话。

有一个的双颊很瘦削，是一个尖脸，有一撮山羊胡子。

据说这样的脸在现在关中一带的农民中还很容易发现。他也微微笑着，但从眼神里看他在深思着一件什么事情。

有人说，兵马俑的形象就是造俑者的形象，他们或是把自己，或是把同伴的模样塑成俑了。这当然是推测。但这种推测很合理。

听说太原晋祠宋塑宫女的形象即晋祠附近少女的形象，现在晋祠附近还能看到和宋塑形态仿佛的女孩子。

我于是生出两种感想。

塑像总是要有个性的。即便是塑造兵马俑，不需要，不要求有个性，但是造俑者还是自觉、不自觉地，多多少少地赋予了他们一些个性。因为他塑造的是人，人总有个性。

塑像总是有模特儿的。他塑造的只能是他见过的人，或是熟人，或是他自己。凭空设想，是不可能的。

任何艺术，想要完全摆脱现实主义，是几乎不可能的事。

三苏祠

三次游杜甫草堂，都没有留下多少印象。

这是一个公园，不是一个祠堂。

杜甫的遗迹，一样也没有。

有很多竹木盆景，很多建筑。到处是对联、题咏，时贤的字画。字多很奔放；画多大写意，着色很浓重。

好像有很多人一齐大声地谈论着杜甫，但是看不到杜甫本人，感觉不到他的行动气息、声音笑貌。

眉山的三苏祠要好一些。

三苏祠以宅为祠。苏东坡文云："家有五亩之园"，今略广，占地约八亩。房屋当然是后来重盖了的，但是当日的布局，依稀可见。有一口井，据说还是苏氏的旧物。井栏是这一带常见的红砂石的。井里现在还能打上水来。一侧有一棵荔枝树。传说苏东坡离家的时候，乡人种了一棵荔枝，约好等东坡回来时一同摘食。东坡远谪，一直没有吃上家乡的荔枝。当年的那棵荔枝早已死了，现存的据说是明朝人补栽的，也已经枯萎了，正在抢救。这些都是有纪念意义的。

东边有一个版本陈列室，搜罗了自元版至现在的铅字排印的东坡集的各种版本，虽然并不齐全，但是这种陈列思想，有足取者。

由眉山往乐山的汽车中，"想"了一首旧体诗：

当日家园有五亩，

至今文字重三苏。

红栏旧井犹堪汲，

丹荔重栽第几株？

伏小六、伏小八

大足的唐宋摩崖石刻是惊人的。

十二圆觉，刻得极细致。袈裟衣带静静地垂着，但是你感觉得到其间有一丝微风在轻轻地流动。不像一般的群像（比如罗汉）强调其间的异，这十二尊像强调的是同。他们的年貌、衣着、坐态都差不多。他们都在沉思默念。但是从其眼梢嘴角，看得出其会心处不尽相同。不怕其相同，能于同中见异，十二尊像造成一个既生动又和谐的整体，自是大手笔。

我看过很多千手观音。除了承德的木雕大佛，总觉得不大自然。那么多的细长的手臂长在一个"人"的肩背上，违反常理，使人很不舒服。大足的千手观音另辟蹊径。他的背上也伸出好几只手，但是看来是负担得起的。这几只手之外，又伸出好多只手。据说某年装金时曾一只一只地编过号，一

162

共有一千零七只（不知道为什么是一个单数）。手具各种姿态，或正、或侧、或反，或似召唤，或似慰抚，都很像人的手，很自然，很好看。一千零七只手，造成一个很大的手的佛光。这些手是怎样伸出来的，全不交待。但是你又觉得这都是观音的手，是和观音都有联系的，其联系处不在形，而在意。构思非常巧妙。

释迦涅槃像，即通常所说的卧佛。释迦面部极为平静，目微睁，显出无爱无欲，无生亦无死。像长三十余米，但只刻了释迦的头和胸。肩手无交待。下肢伸入岩石，不知所终。释迦前，刻了佛弟子，有的冠服似中土产，有一个科头鬈发似西方人。他们都在合十赞诵，眉尖微蹙，稍露愁容。这些子弟并不是整齐地排成一列，而是有正面的，有反面的，有朝左的，有朝右的，距离也不相等。他们也只露出半身，腹部以下，在石头里，也不知所终。于有限的空间造无限的境界，形有尽，意无穷，雕刻这一组佛像的是一个气魄雄伟的匠师！他想必在这一壁岩石之前徘徊坐卧了好多个日夜！普贤像被人称为东方的维纳斯。

数珠手观音被称为媚态观音，全身的线条都非常柔软。

佛教的像原来也是取形于人的，但是后来高度升华起来了。仅修得阿罗汉果的自了汉还一个一个都有人的性格，菩

萨以上，就不复再是"人"了。他们不但抛弃了人的性格，连性别也分不清了。菩萨和佛，都有点女性的美。

大足石刻是了不起的艺术。

中国的造像人大都无姓名可查。值得庆幸的是大足石刻有一些石壁上刻下了造像的匠师的姓名。他们大都姓伏。他们的名字是卑微的：伏小六、伏小八……他们的事迹都无可考了，然而中国美术史上无疑地将会写出这样一篇，题目是：《伏小六、伏小八》。

看了大足石刻，我想起一路上看到一些纪念性的现代塑像李冰父子、屈原、杜甫、苏东坡、杨升庵……好像都差不多。这些塑像塑的都不太像古人。为什么我们的雕塑家不能从大足石刻得到一点启发呢？

古都残梦

—胡同

胡同是北京特有的。胡同的繁体字是"衚衕"。为什么叫作"胡同"？说法不一。多数学者以为是蒙古话，意思是水井。我在呼和浩特听一位同志说，胡同即蒙语的"忽洞"，指两边高中间低的狭长地形。呼市对面的武川县有地名乌兰忽洞。这是蒙古话，大概可以肯定。那么这是元大都以后才有的。元朝以前，汴梁、临安都没有。

《梦粱录》《东京梦华录》等书都没有胡同字样。有一位好作奇论的专家认为这是汉语，古书里就有近似的读音。他引经据典，作了考证。我觉得未免穿凿附会。

北京城是一个四方四正的城，街道都是正东正西，正南正北。北京只有几条斜街，如烟袋斜街、李铁拐斜街、杨梅

竹斜街。北京人的方位感特强。你向北京人问路，他就会告诉你路南还是路北。过去拉洋车的，到拐弯处就喊叫一声"东去！""西去！"老两口睡觉，老太太嫌老头挤着她了，说："你往南边去一点！"

沟通这些正东正西正南正北的街道的，便是胡同。胡同把北京这块大豆腐切成了很多小豆腐块。北京人就在这些一小块一小块的豆腐里活着。北京有多少条胡同？"有名的胡同三千六，没名的胡同赛牛毛。"

胡同有大胡同，如东总布胡同；有很小的，如耳朵眼胡同。一般说的胡同指的是小胡同，"小胡同，小胡同"嘛！

胡同的得名各有来源。有的是某种行业集中的地方，如手帕胡同，当初大概是专卖手绢的地方；头发胡同大概是卖假发的地方。有的是皇家储存物料的地方，如惜薪司胡同（存宫中需要的柴炭），皮库胡同（存裘皮）。有的是这里住过一个什么名人，如无量大人胡同，这位大人也怪，怎么叫这么个名字；石老娘胡同，这里住过一个老娘——接生婆，想必这老娘很善于接生；大雅宝胡同据说本名大哑巴胡同，是因为这里曾住过一个哑巴。有的是肖形，如高义伯胡同，原来叫狗尾巴胡同；羊宜宾胡同原来叫羊尾巴胡同。有的胡同则不知何所取意，如大李纱帽胡同。有的胡同不叫胡同，却叫作一个很雅致的名称，如齐白石曾经住过的"百花深处"。其实这里并没有花，一进胡同是一个公共厕所！

　　胡同里的房屋有一些是曾经很讲究的，有些人家的大门上钉着门钹，门前有拴马桩、上马石，记述着往昔的繁华。但是随着岁月风雨的剥蚀，门钹已经不成对，拴马桩、上马石都已成为浑圆的、棱角线条都模糊了。现在大多数胡同已经成为"陋巷"。

　　胡同里是安静的。偶尔有磨剪子磨刀的"惊闺"（十来个铁片穿成一串，摇动作响）的声音，算命的盲人吹的短笛

的声音，或卖硬面饽饽的苍老的吆唤——"硬面儿饽——阿饽！"。"山静似太古，日长如小年"，时间在这里又似乎是不流动的。

胡同居民的心态是偏于保守的，他们经历了朝代更迭，"城头变幻大王旗"，谁掌权，他们都顺着，像《茶馆》里的王掌柜的所说："当了一辈子的顺民。"他们安分守己，服服帖帖。老北京人说："穷忍着，富耐着，睡不着眯着。""睡不着眯着"，真是北京人的非常精粹的人生哲学。永远不烦躁，不起急，什么事都"忍"着。胡同居民对物质生活的要求不高。蒸一屉窝头，熬一锅虾米皮白菜，来一碟臭豆腐，一块大腌萝卜，足矣。我认识一位老北京，他每天晚上都吃炸酱面，吃了几十年炸酱面。喔，胡同里的老北京人，你们就永远这样活下去吗？

林肯的鼻子

我们到伊里诺明州斯泼凌菲尔德市参观林肯故居。林肯居住过的房子正在修复。街道和几家邻居的住宅倒都已经修好了。街道上铺的是木板。几家邻居的房子也是木结构，样子差不多。一位穿了林肯时代服装（白洋布印黑色小碎花的膨起的长裙，同样颜色短袄，戴无指手套，手上还套一个线结的钱袋）的中年女士给我们做介绍。她的声音有点尖厉，话说得比较快，说得很多，滔滔不绝。也许林肯时代的妇女就是这样说话的。她说了一些与林肯无关的话，老是说她们姊妹的事。有一个林肯旧邻的后代也出来做了介绍。他也穿了林肯时代的服装，本色毛布的长过膝盖的外套，皮靴也是牛皮本色的，不上油。领口系了一条绿色的丝带。此人的话

也很多，一边说，一边老是向右侧扬起脑袋，有点兴奋，又像有点愤世嫉俗。他说了一气，最后说："我是学过心理学的，我一看你的眼睛，就知道你说的是不是真话！——日安！"用一句北京话来说：这是哪儿跟哪儿呀？此人道罢日安，翩然而去，由印花布女士继续介绍。她最后说："林肯是伟大的政治家，但在生活上是个无赖。"我真有点怀疑我的耳朵。

第二天上午，参观林肯墓，墓的地点很好，很空旷，墓前是一片草坪，更前是很多高大的树。

这天步兵114旅特地给国际写作计划的作家们表演了升旗仪式。两个穿了当年的蓝色薄呢制服的队长模样的军人在旗杆前等着。其中一个挎了红缎子的值星带，佩指挥刀。在军鼓和小号声中走来一队士兵，也都穿蓝呢子制服。所谓一队，其实只有七个人。前面两个，一个打着美国国旗，一个打着州旗。当中三个背着长枪。最后两个，一个打鼓，一个吹号。走得很有节拍，但是轻轻松松的。立定之后，向左转，架好长枪。喊口令的就是那个吹小号的，他的军帽后边露着雪白的头发，大概岁数不小了。口令声音很轻，并不大声怒喝。——中国军队大声喊口令，大概是受了日本或德国的影响。口令是要练的。我在昆明时，每天清晨听见第五军校的学生练口令，那么多人一同怒吼，真是惊天动地。一声"升旗"后，老兵自己吹了号，号音有点像中国的"三环号"。那两个队长举手敬礼，国旗和州旗升上去。一会儿工夫，仪式就完了，士兵列队走去，小号吹起来，吹的是"咕里鲁亚"。打鼓的这回不是打的鼓面，只是用两根鼓棒敲着鼓边。这个升旗仪式既不威武雄壮，也并不怎么庄严肃穆。说是形同儿戏，那倒也不是。只能说这是美国式的仪式，比较随便。

林肯墓是一座白花岗石的方塔形的建筑，墓前有林肯的立像。两侧各有一组内战英雄的群像。一组在举旗挺进；一组有扬蹄的战马。墓基前数步，石座上还有一个很大的林肯的铜铸的头像。

我觉林肯墓是好看的，清清爽爽，干干净净。一位法国作家说他到过南京，看过中山陵，说林肯墓和中山陵不能相比。——中山陵有气魄。我说："不同的风格。"——"对，完全不同的风格！"他不知道林肯墓

是"墓"，中山陵是"陵"呀。

我们到墓里看了一圈。这里葬着林肯，林肯的夫人，还有他的三个儿子。正中还有一个林肯坐在椅子里的铜像。他的三个儿子都有一个铜像，但较小。林肯的儿子极像林肯。纪念林肯，同时纪念他的家属，这也是一种美国式的思想。——这里倒没有林肯的"亲密战友"的任何名字和形象。

走出墓道，看到好些人去摸林肯的鼻子——头像的鼻子。有带着孩子的，把孩子举起来，孩子就高高兴兴地去摸。林肯的头像外面原来是镀了一层黑颜色的，他的鼻子被摸得多了，露出里面的黄铜，锃亮锃亮的。为什么要去摸林肯的鼻子？我想原来只是因为林肯的鼻子很突出，后来就成了一种迷信，说是摸了会有好运气。好几位作家握着林肯的鼻子照了像。他们叫我也照一张，我笑了笑，摇摇头。

归途中路过诗人艾德加·李·马斯特的故居。马斯特对林肯的一些观点是不同意的。我问接待我们的一位女士：马斯特究竟不同意林肯的哪些观点，她说她也不清楚，只知道他们关系不好。我说："你们不管他们观点有什么分歧，都一样地纪念，是不是？"她说："只要是对人类文化有过贡献的，我们都纪念，不管他们的关系好不好。"我说："这大概就是美国的民主。"她说："你说得很好。"我说："我不赞成大家去摸林肯的鼻子。"她说："我也不赞成！"

途次又经桑德堡故居。对桑德堡，中国的读者比较熟悉，他的短诗《雾》是传诵很广的。桑德堡写过长诗《林肯——在战争年代》。他是赞成林肯观点的。

回到住处，我想：摸林肯的鼻子，到底要得要不得？最后的结论是：这还是要得的。谁的鼻子都可以摸，林肯的鼻子也可以摸。没有一个人的鼻子是神圣的。林肯有一句名言："All men are created equal."（所有的人生来都是平等的）我还想到，自由、平等、博爱，是不可分割的概念。自由，是以平等为前提的。在中国，现在，很需要倡导这种"Created equal"的精神。

让我们平等地摸别人的鼻子，也让别人摸。

一九八七年十月一日爱荷华

优美生动的掌故传说

阴
城

　　草巷口往北，西边有一个短短的巷子。我的一个堂房叔叔住在这里。这位堂叔我们叫他小爷。他整天不出门，也不跟人来往，一个人在他的小书房里摆围棋谱，养鸟。他养过一只鹦鹉，这在我们那里是很少见的。我有时到小爷家去玩，去看那只鹦鹉。

　　小爷家对面有两户人家，是种菜的。

　　由小爷家门前往西，几步路，就是阴城了。

　　阴城原是一片古战场，韩世忠的兵曾经在这里驻过。有人捡到过一种有耳的陶壶，叫作"韩瓶"，据说是韩世忠的兵用的水壶，用韩瓶插梅花，能够结子。韩世忠曾在高邮驻守，但是没有在这里打过仗。韩世忠确曾在高邮属境击败过金兵，但是在三垛，不在高邮城外，有人说韩瓶是韩信的兵用的水

壶，似不可靠，韩信好像没有在高邮屯过兵。

看不到什么古战场的痕迹了，只是一片野地。

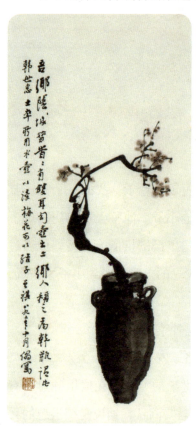

我们到阴城去，逮蚂蚱，掏蛐蛐，更多的时候是去放风筝。

小时候放三尾子。这是最简单的风筝。北京叫屁股帘儿，有的地方叫瓦片。三根苇篾子扎成一个干字，糊上一张纸，四角贴"云子"，下面粘上三根纸条就得。

稍大一点，放酒坛子，篾架子扎成绍兴酒坛状，糊以白纸；红鼓，如鼓形；四老爷打面缸，红鼓上面留一截，露出四老爷的脑袋——一个戴纱帽的小丑；八角，两个四方的篾框，交错为八角；在八角的处边再套一个八角，即为套角，糊套角要点技术，因为两个八角之间要留出空隙。红双喜，那就更复杂了，一般孩子糊不了。以上的风筝都是平面的，下面要缀很长的麻绳的尾巴，这样上天才不会打滚。

风筝大都带弓。干蒲破开，把里面的瓤刮去，只剩一层皮。苇秆弯成弓。把蒲绷在弓的两头，缚在风筝额上，风筝上天，蒲弓受风，汪汪地响。

我已经好多年不放风筝了。北京的风筝和我家乡的，我小时糊过、放过的风筝不一样，没有酒坛子，没有套角，没有红鼓，没有四老爷打面缸。北京放的多是沙燕儿。我的家乡没有沙燕儿。

耿庙神灯

我小时候非常向往耿庙神灯，总希望能够看到一次。

天气突变，风浪大作，高邮湖上，天色浓黑，伸手不见五指，客船、货船、渔船全都失去方向，在大风浪里乱转，弄船的舵师水手惊慌失措。正在危急之际，忽然抬头一望，只见半空中出现了红灯。据说，有时两盏，有时四盏，有时六盏，多的时候能有八盏。或排列整齐，或错落有序，微微起落，红光熠熠。水手们欢呼："七公显灵了！七公显灵了！"船户朝红灯奋力划去，就会直达高邮县城。这就是"耿庙神灯"，"秦邮八景"之一。

多美的红灯呀！

七公是真有这个人的，姓耿，名遇德，生于北宋大中五年，山东兖州府东平州梁山泊人，排行第七，人称七公。后来隐居高邮，在高邮湖边住，有人看到他坐了一个蒲团泛湖上。

七公为高邮人做了很多好事，死后邑人为他立了庙，叫作"七公殿"。

有一年，运河决口，黑夜中见一盏红灯渐渐移近决口处，不知从哪里漂来很多柴草，把决口堵住了。人们隐隐约约看到一个紫衣人坐在柴草上，相貌很像七公殿里的七公塑像。

七公殿是一座庙，也是一个地名。我们小时常到七公殿去玩。

我的侄孙辈大概已经不知道什么"耿庙神灯"了。

一九八八年十月二十一日

甓射珠光

我小时学刻图章，第一块刻的是长方形的阳文："珠湖人"。

沈括《梦溪笔谈》：

> 嘉祐中，扬州有一珠甚大，天晦多见。初出于天长县陂泽中，后转入甓社湖，又后乃在新开湖中，凡十余年，居民行人，常常见之。予友人书斋在湖上，一夜忽见其珠甚近。初微开其房，光自吻中出，如横一金线；俄顷忽张壳，其大如半席，壳中白光如银，珠大如拳，烂然不可正视，十余里间林木皆有影，如初日所照，远处但见天赤如野火；倏然远去，其行如飞，浮于波中，杳杳如日。古有明月之

珠，此珠殊不类月，荧荧有芒焰，殆类日光。崔伯易尝为《明珠赋》。伯易，高邮人，盖常见之。近岁不复出，不知所往。樊良镇正当珠往来处，行人至此，往往维船数宵以待现，名其亭为"玩珠"。

这就是所谓"甓射珠光"。甓射湖即高邮湖。"甓射珠光"是"秦邮八景"之一，甚至是八景之首。因为曾经有过那么

一颗珠子，高邮湖又称"珠湖"。这个地名平常不大有人用，只有画家题画时偶尔一用。

关于这颗珠子最早的记载大概是沈括的《梦溪笔谈》（崔伯易的《明珠赋》今不传）。这则笔谈不但详细，而且写得非常生动，使人有如目睹。"十余里间林木皆有影，如初日所照，远处但见天赤如野火；倏然远去，其行如飞，浮于波中，杳杳如

日"，这是何等神奇的景象呵！我们小时候都听大人谈过这颗神珠，与《梦溪笔谈》所记相差不多，其所根据，大概也就是《梦溪笔谈》。高邮人都应该感谢沈括，多亏他记载了这颗珠子，使我们的家乡多了一笔美丽的彩虹。否则，即使口耳相传，一代又一代，因为不曾见诸文字，听的人也是不会相信的，因为这颗珠子实在太"神"了。

沈括的记载大概是可靠的。沈括是个很严肃的人，《梦溪笔谈》虽亦记"神奇""异事"，但他不是专门搜神志怪的人，即使是神奇、异事，也多有根据，不是道听途说，捕风捉影。这则《梦溪笔谈》所以可信，一是有准确的时间，"嘉祐中"（距今约 930 年）；二是他是亲自听"友人"说的。这位友人不会造谣。

这究竟是什么东西？曾经有人写过一篇文章，认为这是从外星发来的异物，地球上是不可能有发出那样的强光，其行如飞的东西的。这只是猜测。我宁可相信，这就是一颗很大的珠子。这颗大珠子早已不知所往，不会再出现了（多么神奇的珠贝也活不到九百多年）。但是它会永远存在于人们的想象之中。在修县志时也不妨仍然把"甓射珠光"这个事实上不存在的一景列入"八景"之中。珠子没有了，湖却是在的。

我刻的那块"珠湖人"的图章早已不知去向。我还记得图章的样子，长一寸，阔三分，是一块肉红色的寿山石。

一九八八年十月八日

吴三桂

　　高邮县志办公室把新修的县志初稿寄来给我，我翻看了一遍，提了几点不成熟的意见。有一条记不得是否提过：应该给吴三桂立一个传。

　　我的家乡出过两个大人物，一个是张士诚，一个是吴三桂。张士诚不是高邮人，是泰州的白驹场人，但是他于元至正十三年（1353）攻下了高邮，并于次年在承天寺自称诚王。吴三桂的家不知什么时候迁到了辽东，但祖籍是高邮。他生于1612年。"五百年必有王者兴"，敝乡于六十年[①]之间出过两位皇上，——吴三桂后来是称了帝的，大概曾经是有过一点"王气"的。

----

① 六十年，应为三百年。

我知道吴三桂很早了。小时读《正续三字经》，里面就有"吴三桂，请清兵"。长大后到昆明住了七年，听到一些关于吴三桂的传闻。昆明五华山下有一斜坡，叫作"逼死坡"，据说是吴三桂逼死明朝最后一个皇帝永历帝的地方。永历帝兵败至云南，由腾冲逃到缅甸，吴三桂从缅甸把他弄回来杀了。云南人说是吴三桂逼得他上吊死的。这大概是可靠的。另外的传说则大概是附会的了。昆明市东凤鸣山顶有一座金殿，梁柱门窗，都是铜铸的，顶瓦也是铜的。说是吴三桂冬天住在这里，殿外烧了火，殿里暖和而无烟气，他在里面饮酒作乐。这大概是不可能的。昆明冬天并不冷，无须这样烤火。而且住在一间不大的铜房子里，又有多大趣味呢？此外，昆明大西门外莲花池畔有一座陈圆圆石像。石像是用单线刻在石碑上的，外面有一石龛，高约四尺，额上题："比丘尼陈圆圆像"，是一个中年的尼姑的样子。据说陈圆圆是投莲花池死的。吴三桂镇云南，握重兵，形成割据势力，清圣祖为了加强统一，实行撤藩。康熙十二年（1673），吴三桂叛，自称周王。十七年在衡州称帝。吴三桂举兵叛乱时，已经六十一岁，这时陈圆圆也相当老了，她大概是没有跟着。死于昆明，是可能的。是不是投了莲花池，就难说了。陈圆圆晚年为女道士，改名寂静，字玉庵。莲花池畔的石像却说她是比丘尼，

不知是什么缘故。

逼死坡今犹在，金殿也还好好的。莲花池畔的陈圆圆像则被毁掉了。干吗要毁陈圆圆的像呢？毁像的大概是受了吴梅村的影响，相信"痛哭六军俱缟素，冲冠一怒为红颜"，认为吴三桂的当汉奸，陈圆圆是罪魁祸首。冤哉！

"冲冠一怒为红颜"，早就有人说没有这回事，一宗巨大的历史变故，原因岂能如此简单！如果说吴三桂引清兵入关，与陈圆圆有一定关系，那么他后来穷追永历帝以致将其逼死，再后来又从拥兵自重到叛乱称王，又将怎样解释呢？这和陈圆圆又有什么关系呢？吴三桂自是吴三桂，陈圆圆对他的一生负不了责。

我希望有人能认真研究一下吴三桂其人，给他写一个传。写成历史小说也可以，但希望忠实一些，不要有太多的演义。

一九八七年五月二十四日

建文帝的下落

　　我对建文帝有一点感情，是因为学唱过《惨睹》。《惨睹》是唐传奇《千忠戮》的一折。《千忠戮》作者无考，大约是明末清初人。这部传奇写的是燕王朱棣攻破南京后，建文帝与大臣程济化装为僧道，流亡湖广、云南，备受迫害的故事。《惨睹》的唱词写得很特别，一折中用了八个"阳"字，唱昆曲的人故又别称之为"八阳"。"八阳"的曲子十分慷慨悲壮。头一句"收拾起大地山河一担装，四大皆空相"，破空而来，如果是有好嗓子的冠生，唱起来真是声如裂帛。这是昆曲里的名曲，一度十分流行。"家家'收拾起'，户户'不提防'"，可想见其盛况——"不提防"是《长生殿·弹词》的开头："不提防余年值乱离"。我随中国作协作家赴云南访问团到云

南，离昆明后第一站是武定狮子山。听说狮子山的正续禅寺，建文帝曾在那里住过，我于是很有兴趣。

狮子山郁郁葱葱，多奇树珍禽，流泉曲径，但山势并不很雄伟险峻。有人称它是"西南第一山"，未免夸大。

正续禅寺也算不得是一座大寺庙。如果把中国的寺庙划分等级，至多只能列入三等。但是附近几县来烧香的人很多，因为这里曾经住过一位皇帝。寺不在大，有帝则名。来烧香的善男信女当中，有人未必知道这位皇帝是建文帝，更不知道建文帝是怎样的一个皇帝，反正只要是皇帝就好。中国的农民始终对皇帝保持着崇敬。何况这位皇帝又当了和尚，或者这位和尚曾经是皇帝，这就在他们的崇敬心理上更增加了一个层次。

建文帝的下落是一个谜。《明史》只说"城破，宫中火起，帝不知所终"。"不知所终"，留下一个疑案。他当时没有死，流亡出去，是有可能的。但是是不是经湖广，到云南，并无确证。至于是不是往来滇西一带，又常常在正续禅寺歇足，就更难说了。但是清代有些在云南做过地方官的文人是愿意把这件事坐实了的。正续禅寺的大雄宝殿楹柱上有一副对联：

叔误景隆军，一片婆心原是佛；
祖兴皇觉寺，再传天子复为僧。

这说得还比较含混。寺后有惠帝祠，阁前有一副对联，就更加言之凿凿了：

僧为帝，帝亦为僧，数十载衣钵相传，正觉依

然皇觉旧;

　　叔负侄，侄亦负叔，八千里芒鞋徒步，狮山更
比燕山高。

　　大雄宝殿后面还有一座殿，据说布局不似佛殿，而像皇家的朝廷，有丹陛、品级台。莫非建文帝当了和尚还要坐朝？后殿和惠帝祠都正在修缮，我们没有能进去看。看了惠帝塑像的照片，仍作皇帝的打扮，龙袍，戴着没有翅子的纱帽，端坐着，眼睛细长，胖乎乎的，腮帮子有点下坠。

　　大雄宝殿东侧有一小院，院中有亭，亭外有联。上联是写景的，没有记住，下联是"小亭曾是帝王居"。据说建文帝生前就住在这亭子里。我们坐在帝王居里的矮凳上喝了一杯茶。亭前花木甚多，木香花花大如小儿拳。

　　寺里的负责人请大家写字，在所难免。用隶书写了一副对联：

　　皇权僧钵千年梦；
　　大地山河一担装。

还请写一个横披，用行书写了四个大字：

是耶非耶

武定出壮鸡。我原来以为壮鸡就是一肥壮的鸡。不是的。所谓"壮鸡"，是把母鸡骗了，长大了，样子就有点像公鸡，味道特别鲜嫩。只有武定人会动这种手术。我只知道公鸡可骗，不知母鸡亦可骗也！

一九八七年四月三十日

国子监（节选）

　　《北京文艺》叫我写一写国子监，我到国子监去逛了一趟，不得要领。从首都图书馆抱了几十本书回来，看了几天，看得眼花气闷，而所得不多。后来，我去找了一个"老"朋友聊了两个晚上，倒像是明白了不少事情。我这朋友世代在国子监当差，"侍候"过翁同龢、陆润庠、王垿等祭酒，给新科状元打过"状元及第"的旗，国子监生人，今年七十三岁，姓董。

　　国子监，就是从前的大学。

　　这个地方原先是什么样子，没法知道了（也许是一片荒郊）。立为国子监，是在元代迁都大都北城以后，至元二十四年（一二八八年），距今约已近七百年。

元代的遗迹，已经难于查考。给这段时间作证的，有两棵老树：一棵槐树，一棵柏树，一在彝伦堂前，一在大成殿阶下。据说，这都是元朝的第一任国立大学校长——国子监祭酒许衡手植的。柏树至今仍颇顽健，老干横枝，婆娑弄碧，看样子还能再活个几百年。那棵槐树，约有北方常用二号洗衣绿盆粗细，稀稀疏疏地披着几根细瘦的枝条，干枯僵直，全无一点血气，已经老得不成样子了，很难断定它是否还活着。——它老早就已经死过一次，死了几十年，有

一年不知道怎么又活了。这是乾隆年间的事，这年正赶上是慈宁太后的六十"万寿"，嗬，这是大喜事！于是皇上、大臣，赋诗作记，还给老槐树画了像，全都刻在石头上，

着实地热闹了一通。这些石碑，至今犹在。

国子监是学校，除了一些大树，和石碑之外，主要的是一些作为大学校舍的建筑。这些建筑的规模大概是明朝的永乐所创建的（大体依据洪武帝在南京所创立的国子监，而规模似不如原来之大），清朝又改建或修改过。就中修建最多的，是那位站在大清帝国极盛的峰顶，喜武功亦好文事的乾隆。

一进国子监的大门——集贤门，是一个黄色琉璃牌楼。牌楼之里是一座十分庞大华丽的建筑，这就是辟雍。这是国子监最中心，最突出的一个建筑。这就是乾隆所创建的。辟雍者，天子之学也。天子之学，到底该是个什么样子，从汉朝以来就众说纷纭，谁也闹不清楚。照现在看起来，是在平地上开出一个正圆的池子，当中留出一块四方的陆地，上面盖起一座十分宏大的四方的大殿，重檐，有两层廊柱，盖黄色琉璃瓦，安一个巨大的镏金顶子，梁柱檐饰，皆朱漆描金，透刻敷彩，看起来像一顶大花轿子似的。辟雍殿四面开门，可以洞启。池上围以白石栏杆，四面有石桥通达。这样的格局是有许多讲究的，这里不必说它。辟雍，是乾隆以前的皇帝就想到要建筑一个的，但都因为没有水而作罢了。（据说天子之学必得有水！）到了乾隆，气魄果然是要大些，认为"北京为天下都会，教化所先也，大典缺如，非所以崇儒重道，古与稽而今与居也"（《御制国学新建辟雍园水工成碑记》）。没有水，那有什么关系？下令打了四口井，从井里把水汲上来，从暗道里注入，通过四个龙头（螭首），喷到白石砌就的水池里，于是石池中涵空照影，泛着潋滟的波光了。二八月里，祀孔释奠之后，他来了，前面钟楼里撞钟，鼓楼里擂鼓，殿前四个大香炉里烧着檀香，他走入讲台，坐上宝座，讲《大学》或《孝经》一章，叫王公大臣和国子监的学生跪在石池的桥边听着，这个盛典，叫作"临雍"。

这"临雍"的盛典，道光嘉庆年间，似乎还举行过，到了光绪，据我那朋友老董说，就根本没有这档子事了。大殿里一年难得打扫两回，月牙河（老董管辟雍殿四边的池子叫作四个"月牙河"）里整年是干的，只有在夏天大雨之后，各处的雨水一齐奔到这里面来。这水是死水，那光景是不难想象的。

然而辟雍殿确实是个美丽的，独特的建筑。北京的有名的建筑，除了天安门、天坛祈年殿那个蓝色的圆顶、九梁十八柱的故宫角楼，应该数到这顶四方的大花轿。

　　辟雍之后，正面一间大厅，是彝伦堂，是校长——祭酒和教务长——司业办公的地方。此外有"四厅六堂"，敬一亭，东厢西厢。四厅是教职员办公室。六堂本来应该是教室，但清朝另于国子监斜对门盖了一些房子作为学生住宿进修之所，叫作"南学"（北方戏文动辄说"到南学去攻书"，指的即是这个地方），六堂作为考场时似更多些。学生的月考、季考在此举行，每科的乡会试也要先在这里考一天，然后才能到贡院下场。

　　六堂之中原来排列着一套世界上最重的书，这书一页有三四尺宽，七八尺长，一尺许厚，重不知几千斤。这是一套石刻的十三经，是一个老书生蒋衡一手写出来的。据老董说，这是他默出来的！他把这套书献给皇帝，皇帝接受了，刻在国子监中，作为重要的装点。这皇帝，就是高宗纯皇帝乾隆陛下。

　　国子监碑刻甚多，数量最多的，便是蒋衡所写的经。著名的，旧称有赵松雪临写的"黄庭""乐毅"，"兰亭定武本"，颜鲁公"争座位"，这几块碑不晓得现在还在不在，我这回未暇查考。

　　历代皇帝虽然都似乎颇为重视国子监，不断地订立了许多学规，但是不知道为什么，国子监出的人才并不是那样的多。

《戴斗夜谈》一书中已说北京人把国子监打入"十可笑"之列：

京师相传有十可笑：光禄寺茶汤，太医院药方，神乐观祈禳，武库司刀枪，营缮司作场，养济院衣粮，教坊司婆娘，都察院宪纲，国子监学堂，翰林院文章。

国子监的课业历来似颇为稀松。学生主要的功课是读书、写字、作文。国子监学生——监生的肄业、待遇情况各时期都有变革。到清朝末叶，据老董说，是每隔六日作一次文，每一年转堂（升级）一次，六年毕业，学生每月领助学金（膏火）八两。学生毕业之后，大都分发作为县级干部，或为县长（知县）副县长（县丞），或为教育科长（训导）。另外还有一种特殊的用途，是调到中央去写字。（清朝有一个时期光禄寺的面袋都是国子监学生的仿纸做的！）从明朝起就有调国子监善书学生去抄录"实录"的例。明朝的一部大丛书《永乐大典》，清朝的一部

更大的丛书《四库全书》的底稿，那里面的端正严谨（也毫无个性）的馆阁体楷书，原来有些就是出自国子监的高材生的手笔。这种工作，叫作"在誊录上行走"。

国子监监生的身份不十分为人所看重。从明景帝开生员纳粟纳马入监之例以后，国子监的门槛就低了。迩后捐监之风大开，监生就更不值钱了。

国子监是个清高的学府，国子监祭酒是个清贵的官员——京官中，四品而掌印的，只有这么一个。作祭酒的，生活实在颇为清闲，每月只逢六逢一上班，去了之后，当差的在门口喝一声短道，沏上一碗盖碗茶，他到彝伦堂上坐了一阵，给学生出出题目，看看卷子；初一、十五带着学生上大成殿磕头，此外简直没有什么事情。清朝时他们还有两桩特殊任务，一是每年十月初一，率领属官到午门去祗领来年的黄历；一是遇到日蚀、月蚀，穿了素服到礼部和太常寺去"救护"，但领黄历一年只一次，日蚀、月蚀，更是难得碰到的事。戴璐《藤阴杂记》说此官"清简恬静"，这几个字是下得很恰当的。

但是，一般做官的似乎都对这个差事不大发生兴趣。朝廷似乎也知道这种心理，所以除了特殊例外，祭酒不上三年就会迁调。这是为什么？因为这个差事没有油水。

　　查清朝的旧例，祭酒每月的俸银是一百零五两，一年一千二百六十两；外加办公费每月三两，一年三十六两，加在一起，实在不算多。国子监一没人打官司告状，二没有盐税河工可以承揽，没有什么外快。但是毕竟能够养住上上下下的堂官皂役的，赖有一宗相当稳定的银子，这就是每年捐监的手续费——

　　据朋友老董说，纳监的监生除了要向吏部交一笔钱，领取一张"护照"外，还需向国子监交钱领"监照"——就是大学毕业证书。照例一张监照，交银一两七钱。国子监旧例，积银二百八十两，算一个"字"，按"千字文"数，有一个字算一个字，平均每年约收入五百字上下。我算了算，每年国子监收入的监照银约有十四万两，即每年有八十二三万不经过入学和考试只花钱向国家买证书而取得大学毕业资格——监生的人。原来这是一种比乌鸦还要多的东西！这十四万两银子照国家规定是不上缴的，由国子监官吏皂役按份摊分。祭酒每一"字"分十两，那么一年约可收入五千银子，比他的正薪要多得多。其余司业以下各有差。据老董说，连他一个"字"也分五钱八分，一年也从这一项上收入二百八九十两银子！

老董说，国子监还有许多定例。比如，像他，是典籍厅的刷印匠，管给学生"做卷"——印制作文用的红格本子，这事包给了他，每月例领十三两银子。他父亲在时还会这宗手艺，到他时则根本没有学过，只是到大栅栏口买一刀毛边纸，拿到琉璃厂找铺子去印，成本共花三两，剩下十两，是他的。所以，老董说，那年头，手里的钱花不清——烩鸭条才一吊四百钱一卖！至于那几位"堂皂"，就更不得了了！单是每科给应考的举子包"枪手"（这事值得专写一文），就是一笔大财。那时候，当差的都兴喝黄酒，街头巷尾都是黄酒馆，跟茶馆似的，就是专为当差的预备着的。所以，像国子监的差事也都是世袭。这是一宗产业，可以卖，也可以顶出去！

老董的记性极好，我的复述倘无错误，这实在是一宗未见载录的珍贵史料。我所以不惮其烦地缕写出来，用意是在告诉比我更年轻的人，封建时代的经济、财政、人事制度，是一个多么古怪的东西！

国子监，现在已经作为首都图书馆的馆址。首都图书馆的老底子是头发胡同的北京市图书馆，即原先的通俗图书馆——由于鲁迅先生的倡议而成立，鲁迅先生曾经襄赞其事、并捐赠过书籍的图书馆；前曾移在天坛，因为天坛地点逼仄，又挪到这里了。首都图书馆藏书除原头发胡同的和解放后新买的之外，主要为原来孔德学校和法文图书馆的藏书。就中最具特色，在国内搜藏较富的，是鼓词俗曲。

玉渊潭的传说

　　玉渊潭公园范围很大。东接钓鱼台，西到三环路，北靠白堆子、马神庙，南通军事博物馆。这个公园的好处是自然，到现在为止，还不大像个公园，——将来可不敢说了。没有亭台楼阁、假山花圃。就是那么一片水，好些树。绕湖中长堤，转一圈得一个多小时。湖中有堤，贯通南北，把玉渊潭分为西湖和东湖。西湖可游泳，东湖可划船。湖边有很多人钓鱼，湖里有人坐了汽车内胎扎成的筏子兜圈。堤上有人遛鸟。有两三处是鸟友们"会鸟"的地方。画眉、百灵，叫成一片。有人打拳、做鹤翔桩、跑步。更多的人是遛弯儿的。遛弯有几条路线，所见所闻不同。常遛的人都深有体会。有一位每天来遛的常客，以为从某处经某处，然后出玉渊潭，最有意思。他说："这个弯儿不错。"

　　每天遛弯儿，总可遇见几位老人。常见，面熟了，见到总要点点头："遛遛？"——"吃啦？"——"今儿天不错——没风！"……

　　几位老人都已经八十上下了。他们是玉渊潭的老住户，有的已经住了几辈子。他们原来都是种地的，退休了。身子骨都挺硬朗。早晨，他们都绕长堤遛弯儿。白天，放放奶羊、莳弄莳弄巴掌大的一块菜地、摘一点喂鸡的猪儿草。晚饭后大都聚在湖北岸水闸旁边聊天。尤其是夏天，常常聊到很晚。这地方凉快。

　　我听他们聊，不免问问玉渊潭过去的事。

　　他们说玉渊潭原本是一片荒地，没有什么人来。只有每年秋天，热闹几天。城里很多人到玉渊潭来吃烤肉，——北京人不是讲究"贴秋膘"吗？各处架起烤肉炙子，烧着柴火，烤肉的香味顺风飘

得老远……

秋高气爽，到野地里吃烤肉，瞧瞧湖水，闻着野花野草的清香，确实是一件乐事。我倒愿意这种风气能够恢复。不过，很难了！

老人们说：这玉渊潭原本是私人的产业，是张××的（他们把这个姓张的名字叫得很真凿，我曾经记住，后来忘了）。那会玉渊潭就是当中有一条陆地，种稻子。土肥水好，每年收成不错，玉渊潭一带的人，种的都是张家的地。

他们说：不但玉渊潭，由打阜成门，一直到现在的三环路，都是张××的，他一个人的。

（这可能么？）

这张××是怎么发的家呢？他是做"供"的。早年间北京人订供，不是一次给钱，而是分期给，按时给，从正月给到腊月，年底下就能捧回去一盘供。这张××收了很多家的钱，全花了。到了年根，要面没面，要油没油，拿什么给人家呀！他着急呀，睡不着觉。迷迷糊糊地，着了。做了一个梦。梦里听见有人跟他说：张××，哪儿哪儿有你的油，你的面，你去拉吧！他醒来，到了那儿，有一所房，里面有油，有面。他就赶着车往外拉。怎么拉也拉不完。怎么拉，也拉不完。起那儿，他就发了大财了！

这个传说当然不可信，情节也比较一般化。不过也还有点意思。从这个传说让我了解了几件事。

第一，北京人家过年，家家都要有一盘供。南方人也许不知道什么是"供"。供，就是面搽成指头粗的条，在油里炸透，蘸了蜂蜜，堆成宝塔形，供在神案上的一种甜食。这大概本来是佛教的敬奉释迦牟尼的东西，而且本来可能是庙里制作的。《红楼梦》第一回写葫芦庙中炸供，和尚不小心，油锅火逸，造成火灾，可为旁证。不过《红楼梦》写炸供是在三月十五，而北京人家摆供则在大年初一，季节不同。到后来，就不只是敬给释迦牟尼了，天上地下，各教神仙都有份。似乎一切神佛都爱吃甜东西。其实爱吃这种甜食的是孩子。北京的孩子大概都曾乘大人看不见的时候，偷偷地掰过供尖吃。到了撤供的时候，一盘供就会矮了一截。现在过年的时候，没有人家摆供了，不过点心铺里还有"蜜供"卖，只是不复堆成宝塔形，而是一疙瘩一块的。很甜，有一点蜜香。

第二，我这才知道，北京人家订供，用的是这种"分期付款"的办法。分期付款，我原以为是外国传来的，殊不知中国，北京，古已有之。所不同的，现在的分期付款是先取了东西，再陆续付钱，订供则是先钱后货。小户人家，到年底一次拿出一笔钱来办供，有些费劲，这样零揪着按月交钱，

就轻松多了；做供的呢，也可以攒了本钱，从容备料。买主卖主，两得其便。这办法不错！

第三，这几位老人对这传说毫不怀疑。他们是当真事儿说的。他们说张××实有其人，他们说他就住在三环路的南边。他们说北京人有一句话："你有钱！——你有钱能比得了张××吗？"这几位老人都相信：人要发财，这是天意，这是命。因此，他们都顺天而知命，与世无争，不做非分之想。他们勤劳了一辈子，恬淡寡欲，心平气和。因此，他们都长寿。

一九八六年一月十三日

水母

　　在中国的北方，有一股好水的地方，往往会有一座水母宫，里面供着水母娘娘。这大概是因为北方干旱，人们对水有一种特殊的感情。为了表达这种感情，于是建了宫，并且创造出一个女性的水之神。水神之为女性，似乎是很自然的事，因为水是温柔的。虽然河伯也是水神，他是男的，但他惯会兴风作浪，时常跟人们捣乱，不是好神，可以另当别论。我在南方就很少看到过水母宫。南方多的是龙王庙。因为南方是水乡，不缺水，倒是常常要大水为灾，故多建龙王庙，让龙王来把水"治"住。

　　水母娘娘是一个很有特点的女神。

　　中国的女神的形象大都是一些贵妇人。神是人按照自己的样子创造出来的。女神该是什么样子呢？想象不出。于是

从富贵人家的宅眷中取样，这原本也是很自然的事。这些女神大都是宫样盛装，衣裙华丽，体态丰盈，皮肤细嫩。若是少女或少妇，则往往在端丽之中稍带一点妖冶。《封神榜》里的女娲圣象，"容貌端丽，瑞彩翩翩，国色天姿，宛然如生；真是蕊宫仙子临凡，月殿嫦娥下世"，竟至使"纣王一见，神魂飘荡，陡起淫心"，可见是并不冷若冰霜。圣象如此，也就不能单怪纣王。作者在描绘时笔下就流露出几分遐想，用语不免轻薄，很不得体的。《水浒传》里的九天玄女也差不多："头绾九龙飞凤髻，身穿金缕绛绡衣。蓝田玉带曳长裾，白玉圭璋擎彩袖。脸如莲萼，天然眉目映云鬟；唇似樱桃，自在规模端雪体。犹如王母宴蟠桃，却似嫦娥居月殿。"虽然作者在最后找补了两句："正大仙容描不就，威严形像画难成"，也还是挽回不了妖艳的印象。——这二位长得都像嫦娥，真是不谋而合！倾慕中包藏着亵渎，这是中国的平民对于女神也即是对于大家宅眷的微妙的心理。有人见麻姑爪长，想到如果让她来搔搔背一定很舒服。这种非分的异想，是不难理解的。至于中年以上的女神，就不会引起膜拜者的隐隐约约的性冲动了。她们大都长得很富态，一脸的福相，低垂着眼皮，眼观鼻、鼻观心，毫无表情地端端正正地坐着，手里捧着"圭"，圭下有一块蓝色的绸帕垫着，绸帕耷拉下来，我想是不让人看见她的胖手。这已经完全是一位命妇甚至是皇娘了。太原晋祠正殿所供的那位晋之开国的国母，就是这样。泰山的碧霞元君，朝山进香的没有知识的乡下女人称之为"泰山老奶奶"，这称呼实在是非常之准确，因为她的模样就像一个呼奴使婢的很阔的老奶奶，只不过不知为什么成了神了罢了。

水母宫一般都很小，比一般的土地祠略大一些。"宫"门也矮，身材高大一些的，要低了头才能走进去。里面塑着水母娘娘的金身，大概只有二尺来高。这位娘娘的装束，完全是一个农村小媳妇：大襟的布袄，长裤，布鞋。她的神座不是什么"八宝九龙床"，却是一口水缸，上面扣着一个锅盖，她就盘了腿用北方妇女坐炕的姿势坐在锅盖上。她是半侧着身子坐的，不像一般的神坐北朝南面对"观众"。她高高地举起手臂，在梳头。这"造型"是很美的。这就是在华北农村到处可以看见的一个俊俊俏俏的小媳妇，完全不是什么"神"！

她为什么会成了神？华北很多村里都流传着这样的故事：

有一家，有一个小媳妇。这地方没水。没有河，也没有井。她每天要到很远的地方去担水。一天，来了一个骑马的过路人，进门要一点水喝。小媳妇给他舀了一瓢。过路人一

口气就喝掉了。他还想喝。小媳妇就由他自己用瓢舀。不想这过路人咕咚咕咚把半缸水全喝了！小媳妇想：这人大概是太渴了。她今天没水做饭了，这咋办？心里着急，脸上可没露出来。过路人喝够了水，道了谢。他倒还挺通情理，说："你今天没水做饭了吧？"——"嗯哪！"——"你婆婆知道了，不骂你吗？"——"再说吧！"过路人说："你这人——心好！这么着吧：我送给你一根马鞭子，你把鞭子插在水缸里。要水了，就把马鞭往上提提，缸里就有水了。要多少，提多高。要记住，不敢把马鞭子提出缸口！记住，记住，千万记住！"说完了话，这人就不见了。这是个神仙！从此往后，小媳妇就不用走老远的路去担水了。要用水，把马鞭子提一提，就有了。这可真是"美扎"啦！

一天，小媳妇住娘家去了。她婆婆做饭，要用水。她也照着样儿把马鞭子往上提。不想提过

了劲，把个马鞭子一下子提出缸口了。这可了不得了，水缸里的水哗哗地往外涌，发大水了。不大会儿工夫，村子淹了！

小媳妇在娘家，早上起来，正梳着头，刚把头发打开，还没有挽上纂，听到有人报信，说她婆家村淹了，小媳妇一听：坏了！准是婆婆把马鞭子拔出缸外了！她赶忙往回奔。到了家，急中生计，抓起锅盖往缸口上一扣，自己腾地一下坐到锅盖上。嘿！水不涌了！

后来，人们就尊奉她为水母娘娘，照着她当时的样子，塑了金身：盘腿坐在扣在水缸上的锅盖上，水退了，她接着梳头。她高高举起手臂，是在挽纂儿哪！

这个小媳妇是值得被尊奉为神的。听到婆家发了大水，急忙就往回奔，何其勇也。抓起锅盖扣在缸口，自己腾地坐了上去，何其智也。水退之后，继续梳头挽纂，又何其从容不迫也。

水母的塑像，据我见到过的，有两种。一种是凤冠霞帔作命妇装束的，俨然是一位"娘娘"；一种是这种小媳妇模样的。我喜欢后一种。

这是农民自己的神，农民按照自己的模样塑造的神。这是农民心目中的女神：一个能干善良且俊俏的小媳妇。农

民对这样的水母不缺乏崇敬，但是并不畏惧。农民对她可以平视，甚至可以谈谈家常。这是他们想出来的，他们要的神，——人，不是别人强加给他们头上的一种压力。

有一点是我不明白的。这小媳妇的功德应该是制服了一场洪水，但是她的"宫"却往往在一股好水的源头，似乎她是这股水的赐予者，这到底是怎么回事呢？这个故事很美，但是这个很美的故事和她被尊奉为"水母"又有什么必然的关系呢？但是农民似乎不对这些问题深究。他们觉得故事就是这样的故事，她就是水母娘娘，无需讨论。看来我只好一直糊涂下去了。

中国的百姓——主要是农民，对若干神圣都有和统治者不尽相同的看法，并且往往编出一些对诸神不大恭敬的故事，这是很有意思的事。比如灶王爷。汉朝不知道为什么把"祀灶"搞得那样乌烟瘴气，汉武帝相信方士的鬼话，相信"祀灶可以致物"（致什么"物"呢？），而且"黄金可成，不死之药可至"。这纯粹是胡说八道。后来不知道怎么一来，灶王爷又和人的生死搭上了关系，成了"东厨司命定福灶君"。但是民间的说法殊不同。在北方的农民的传说里，灶王爷是有名有姓的，他姓张，名叫张三（你听听这名字！），而且这人是没出息的，他因为做了什么见不得人的事（什么事，我忘了）钻进了灶火里，弄得一身一脸乌漆墨黑，这才成了灶王。可惜我记性不好，对这位张三灶王爷的全部事迹已经模糊了。异日有暇，当来研究研究张三兄。

或曰：研究这种题目有什么意义，这和四个现代化有何关系？有的！我们要了解我们这个民族。

一九八四年六月廿三日